庫

再雇用警察官

完敗捜査

姉小路 祐

徳間書店

プロローグ

日本百名山は、大阪府下には一つもない。そもそも関西地方には少なく、伊吹山《いぶきやま》、大台ヶ原山《おおだいがはらやま》、大峰山《おおみねさん》の三山だけだ。

それでも、登山者やハイカーに人気がある山は、大阪にも少なくない。アクセスが良くて、千メートル以下の標高が大半で、難易度も高くはない。そして、市街地の夜景を楽しめる山が多いというのも魅力だ。

私は高校一年生の秋に、クラスメートとともに北摂《ほくせつ》にあるポンポン山に登った。正式名称は加茂勢山《かもせやま》というのだが、山頂で足踏みをするとポンポンと音が鳴ることから、その通名で呼ばれている。

山頂でいくら足を踏んでも音は鳴らなかったが、登山ルートに広がる紅葉は、絵巻物以上に美しかった。それ以来、ポンポン山にはいろんなコースから十回以上も登った。

ポンポン山の他にもブナの原生林が天然記念物に指定されている妙見山《みょうけんさん》、渓流《けいりゅう》が清々《すがすが》しい和泉葛城山《いずみかつらぎさん》、二つの山頂を持つ二上山《にじょうさん》などお気に入りはあるが、何といっても大阪府下にあって千メートルを超えるという無二の存在であり、そして大阪ではただ一つ二百名山に選ばれている金剛山《こんごうさん》が、最も好きだ。大阪における富士山のような存在と言っても過言ではない。

とりわけ樹氷《じゅひょう》が映《は》える冬の季節は何回登っても感動する。大阪府民でも、この山で樹氷を見ることができることを知る者は少ない。それだけに、ひとけのない静けさの中で、自分だけが樹氷に囲まれる時間は優越感に浸《ひた》れる。

金剛山にはロープウェイも通っているが、これまで使ったことは一度もない。楽に登れるコースは邪道《じゃどう》だとまでは言わないが、やはり苦労して自分の体力と技術だけで高さを得て、そして危うい難所を乗り切ってこそ、頂上を極めたときの喜びが待っているというのが私の信念だ。

私は外反母趾《がいはんぼし》の手術を受けた。術後に、金剛山に登るのは初めてのことだ。中足骨《ちゅうそくこつ》にメスを入れた右足はまだ少し痛む。だが、あえてチャレンジの意味を込めて、難しいコースを選んだ。きょうのために、アノラックは新調した。黄色を主体にしたかなり派手めのものだ。

五合目あたりからだんだんと雪が姿を見せる。ここで軽アイゼンに履《は》き替える。コースによっては、長靴で向かう者もいるそうだが、難コースではそれは危険だ。

天候は予報よりも悪くなってきた。とにかく風が強い。少しだけだが、雪も降ってきた。

一瞬、引き返そうかと迷った。

だが、術後初の登山でのリタイアは口惜《くちお》しかった。ずっと楽しみにしてきたのだ。あの美しい渓谷《けいこく》は目と鼻の先だ。

樹氷を独り占めしよう。そして早く下山しよう。山頂まで行く必要はない――そう決めて、歩みのピッチを上げた。

この山には、すでに三十回以上も登っている。よく知っている自信がある。

きょうのような悪天候の日は、人がほとんど来ない。ましてや今から向かう渓谷は、穴場のような存在だ。

他の人と同じというのはつまらないと思っている。趣味のブランド品集めも、海外まで出向いて限定のものを買いに行くことがある。

来月はイタリアに行く予定だ。これも術後の楽しみにしていたことだ。

今回は、アマルフィやサルデーニャなどのリゾート地を回るプランだ。現地にしかない物を買い漁《あさ》りたい。海外旅行もたいてい一人で行く。人と合わせるのは苦手だ。

ただ、来月のイタリア旅行については不満があった。旅行社のミスで、一部の行程がエコノミークラスになってしまったことだ。フィンランドのヘルシンキ空港経由で、イタリアに向かう。全行程をビジネスクラスでという手配をしていたのだが、フィンランドとイタリア間の乗り継ぎ便がエコノミークラスになってしまっていた。あわてて旅行社に連絡したのだが、もう満席ということだった。往復で六時間程度だが、人のミスだけに口惜しい。叱《しか》りつけてやったら、お詫《わ》びの粗品《そしな》として昨日タオルが送られてきたが、あまりセンスのいいものではなかった。あの旅行社とは、もう縁を切るつもりだ。

「あっ」

頭の中をタオルの柄《がら》に占領されているうちに、渓谷への坂道で強風にあおられてうっかり足を滑らせてしまった。

いつもなら、反対の足で踏ん張れるのだが、やはり術後の影響でうまくいかない。それでも踏ん張ろうとしたことがかえってよくなかった。足元が崩れてしまった。

「ああっ」

渓谷に向かって、真っ逆さまに転落した。

頭が、激しく岩にぶつかった。痛さは半端《はんぱ》ではない。

薄れる意識の中で、手探りで携帯電話を取り出す。

助けに来てもらうしかない。

こんなことになるなら、無理して登るのではなかった。

いくら後悔してもしかたがない……。

幸いにも、連絡は取れた。すぐに向かうと言ってくれた。向こうも登山は初心者ではない。見つけ出してくれるに違いない。

その安心感からか、さらに意識は遠くなっていく。視界もぼやけてきた。

そんな状態にありながらも、縁を切ろうとした旅行社にイタリア行きのキャンセルを言わなくてはいけないというもどかしさが胸をよぎった。

第一章

1

新月良美《しんげつよしみ》は、四天王寺《してんのうじ》警察署の裏手にあるプレハブの二階から外階段を降りた。

大阪府警生活安全部消息対応室——それが、四月に新月良美が受けた異動辞令に書かれていた文言《もんごん》だ。てっきり中央区大手前にある府警本部庁舎勤めだと思ったのだが、現実は違った。

四天王寺署にあった装備庫の二階を空けてもらって、そこに分室のような形で消息対応室が設置されたのだ。しかも、スタッフは良美を入れて三人だけで、そのうちの一人は定年後の再雇用警察官だった。

新設部署で心機一転の仕事ができると張り切って足を向けた良美は、がっかりした。

室長の芝隆之《しばたかゆき》警部から「府下の各警察署に市民から出された行方不明者届を、パソコンで入力していくデスクワークがメインになるだろう」と聞かされて、さらに落胆した。それ以外の仕事は、提出された行方不明者届の中でグレーゾーンになるものを調べることだった。すなわち、行方不明者は大きく二つに分けて、誘拐《ゆうかい》・拉致《らち》・監禁《かんきん》といった犯罪に起因する〝特異行方不明者〟と、家出・夜逃げ・DVからの避難など自主的に身を隠す〝一般行方不明者〟になる。行方不明者は全国で毎年約九〜十万人という大きな数字になるが、その大半は直接には犯罪が絡《から》まない自発的蒸発である〝一般行方不明者〟なのだ。〝一般行方不明者〟については、行方不明者届を受理しても警察は捜査をしない。民事不介入の原則があるからだ。ただし、小学生の家出のように保護が必要と考えられるときは動く。

大多数の〝一般行方不明者〟と少数の〝特異行方不明者〟との線引きは、必ずしも明解ではない。行方不明者届を受け付けた所轄《しょかつ》の各警察署が判断するのだが、それが判別できないグレーゾーンのときは、この消息対応室に送付されてくる。その要請に基づいて調べて判別するのが、消息対応室のもう一つの仕事だ。直接に市民から受理するのではなく、各警察署からの依頼があってはじめて調査が可能となる。

この調査案件が意外と多いのではないかと予想したのが、再雇用警察官のスタッフである安治川信繁《あじがわのぶしげ》であった。彼は「所轄署としては、微妙なときは消息対応室に送付しておけば、それで一般か特異かの判断ミスを問われることはない。警察も役所の一つだから、責任を回避したい体質は否めない」と就任早々に言った。その読みは当たった。

大阪府警も、消息対応室ではパソコン作業がメインと考えており、直接の市民来訪もないから、こういう元装備庫をオフィスとしてあてがったと思われる。四天王寺警察署の庁舎自体は、比較的最近に建て替えられているので、コンピューターのセキュリティはとてもしっかりしている。

良美は、通用口から四天王寺署庁舎に入った。

消息対応室がスタートして、いい意味で裏切られることになった。安治川が言ったように所轄から送付されてくるグレーゾーンの案件はかなりの数になり、むしろデスクワークより外に出向いての調査がメインとなった。現場での仕事が好きな良美にとっては、ありがたかった。一つ一つの案件にも個性と奥行きがあって、警察官として勉強にもなった。

就任当初は、島流しに遭《あ》ったという思いすら抱いたが、九ヵ月経《た》った今では毎日やりがいがあって、充実感がある。

たった一点の不満は、オフィスが元装備庫の二階なので、庁舎のトイレを借りなくてはいけないことだ。雨の日は、傘も必要になる。警察社会は男性が約九割を占めるので、こういう比較的新しい庁舎でも女子トイレはやや少なくて通用口近くにはない。正面玄関のほうまで、足を運ぶことになる。

受付近くにあるソファに座った赤いコートの若い女性が、良美の視界に入った。

「あ、あれは」

良美は、小さくつぶやいた。

前任署である難波《なんば》警察署にいたときに関わった少女に横顔がよく似ていた。

良美はさりげなく近づく。良美は消息対応室では私服勤務だ。

彼女とは二回関わった。一回目は六年前のことだ。良美は念願の少年係に配属されたばかりだった。彼女は未成年の十七歳で、あのころも赤色のファッションが好きだった。

「もしかして、杏里《あんり》ちゃん？」

今はもう二十三歳くらいだから立派な大人なのだが、つい知り合った当初のちゃん付けで呼んでしまった。

「し、新月さん。びっくりしました……こちらの警察署に転勤しはったのですか？」

杏里はソファから立ち上がった。

「ここの署やないんやけど、転勤したんよ」

「いつからなんですか」

「四月からよ」

「え、もしかして、あたしのことが原因で左遷《させん》されてしまわはったんですか」

杏里は、気遣うような目で見てきた。彼女と二回目に関わったのは、転任前年の秋のことだった。

「そんなん関係あらへんよ。警察官に転勤はつきものやし、それに左遷なんてとんでもない。うちは今の仕事が楽しいんよ」

これは本音だ。やりがいを感じている。

「杏里ちゃんは、何の用事で来たん？」

ソファに座っていたときに眉を寄せていた横顔が、何かに困惑しているようにも見えた。

「たいした用事やないんです」

杏里は、長い髪を搔《か》き上げた。一昨年に会ったときは明るい茶髪でウェービーだったが、今は黒髪のストレートだ。

「何か相談ごとやったら、話を聞かせてもろてもええよ。ここの署の人に橋渡しするくらいはでけるさかい」

「本当に、そんなんやないです。実は、ある人の付き添《つっそ》いで来たんです。一人で警察署に行くのは嫌やと言わはるんで……今まで交番はともかく、警察署には足を踏み入れたことがあらへん人なんですよ。あたしなんか、高校生でお世話になってしもてましたけど」

杏里は、軽く笑った。彼女と最初に関わったとき、すなわち彼女を補導したときは、十七歳であった。

「付き添いのお相手はどこにいやはるん？」

良美は周囲を見回した。

「二階の生活安全課です」

どこの署も似たような構造だが、四天王寺警察署は一階が遺失物係や交通課など市民がよく訪れるセクションになっている。二階が生活安全課と総務課、三階が刑事課と留置場だ。刑事課や留置場を上の階に置くのは、万一容疑者が逃走したときに、少しでも時間がかかるようにするためだ。窓に鉄格子が嵌《は》められているのも、刑事課フロアの特徴だ。だから、刑事課が何階にあるかは、鉄格子を見れば、どの署でもすぐにわかる。

「どないな用なん？」

「捜索願です」

平成二十一年の規則改正で、かつて〝捜索願〟という名称で呼ばれていたものが〝行方不明者届〟となったのだが、まだ世間一般には捜索願という言いかたのほうが馴染《なじ》みがあるようだ。

「それやったら、うちは無関係でもないんよ。困っているんなら、相談して」

一般行方不明者の場合には警察は動かないから、誤解を与えやすい〝捜索願〟という呼称《こしょう》が〝行方不明者届〟と変わったのだが、届が受理されたら動いてくれると思い込んでいる人はまだまだ少なくはない。一般行方不明者の場合の届出の役割は、身元がわかる物を持っていない行旅死亡人《こうりょしぼうにん》が出たときに、届け出られた年齢や身体的特徴や写真と照合することで、早い身元確定をする点にある。

家出人など一般行方不明者の所在を調べてもらいたいなら、かつては興信所などと呼ばれていた探偵調査事務所に有料で依頼することになる。

「いえいえ、そんな」

杏里は、胸の前で手を左右に振った。

「ところで、新月さんは何歳にならはったんですか？」

「もう三十三歳よ」

「結婚しはったんですか」

「まだよ」

「恋人はいやはるんですか」

杏里は話題をそらすように、急に早口に質問を続けた。

「いるわけないわよ」

杏里の表情が硬《かた》くなった。

「お待たせしたね」

男の声に、良美は振り返った。メタルフレームの眼鏡をかけた小太りで背の低い男が、杏里に笑顔を向けていた。年齢は五十歳前後といったところだ。

「早く終わったんですね。新月さん、ほならこれで失礼します」

杏里はその男から少し離れるようにして、良美に頭を下げた。小太りの男も、良美に対して誰だろうという表情をしながらも、軽く会釈《えしゃく》してきた。柔和《にゅうわ》な顔立ちで、身なりもきちんとしている。

「あ、はい。元気で頑張ってね」

「新月さん……あの、ここの署員さんではないんでしたね？」

杏里は身体《からだ》を玄関口のほうに向けながら、振り返るようにして確認した。

「ええ、そうよ」

「ほなら」

杏里は、隣の男を急《せ》かすように早足で玄関口から出ていった。もう少し近況を聞きたかったのだが、かなわなかった。

あの小太りの男との関係も気になった。一昨年の秋までは、杏里には同い年の恋人がいた。彼は、窃盗《せっとう》と暴行容疑で逮捕され、執行猶予《しっこうゆうよ》付きの有罪判決を受けた。杏里は、彼とは別れると誓った。だが、それからどうなったかは知らない。良美はその直後に転任となった。

（なんか気になるわ……）

良美は、二階の生活安全課に足を向けることにした。トイレのことは忘れてしまっていた。

2

「朝起きたら、奥さんが家からいなくなっていたというんだ。携帯もつながらないということだ。普段はそういうことなどまったくしない女性で、しかも初期のアルツハイマー型認知症の懸念《けねん》があると医師に指摘されていたというんだよ」

生活安全課の千野《ちの》巡査部長は、良美にそう答えた。管内での行方不明者案件は、主に彼が担当している。親しいというわけではないが、顔見知りだ。

「いなくなったのは、けさのことですか？」

今は、午後二時半過ぎだ。

「そうなんだ。単に連絡が取れなくなっただけだという可能性が高いが、認知症だとなるとむげに届出却下はできない」

認知症で徘徊《はいかい》するような場合は、事故に繋《つな》がりかねないので、警察は保護のためにパトロールなどで動く。

「しかし、まだ五十一歳という年齢だし、病院で正式に認知症だと診断されているわけでもないということなんだ。それでも夫は、行方不明者届を出したいと強く願うので、一応書いてもらうことにした」

「届を見してもろてもええですか」

「いいよ。正式に受理したなら、いずれはあんたのところで入力してもらうことになるだろうから」

届出人は、天王寺区真法院町《しんぽういんちょう》に住む橿原虹彦《かしはらにじひこ》・五十歳で、職業は彫刻家となっていた。妻は橿原通代《みちよ》・五十一歳で、水彩画家と記入されていた。

添付《てんぷ》された写真の女性は、どこかの高い山と思われる場所で、ピッケルを片手に写っていた。山小屋らしき建物が端《はし》に写っている。眼鏡をかけて色黒でルージュ以外の化粧っ気はなく、あまりお洒落《しゃれ》には縁がないようだ。写真の構図は、晴れた空のもとでの山脈が主となっていて人物が遠景すぎる。

「富山《とやま》県の立山《たてやま》連峰に登ったときに友人が撮ったものだそうだが、もっと顔がはっきりわかるものでないと……それに十三年も前のものだというんだ」

「たしかに五十一歳にしてはずいぶん若いなと思いました」

「被写体になるのが嫌いな奥さんで、なかなか写真がないというんだが、これでは小さ過ぎる。眼鏡もかけているので、裸眼《らがん》状態の写真も探してきてもらって、そのうえで正式に受理するということで帰ってもらうことにした。まだ仮受理だ。けさのことなのだから、夜になったらひょっこり戻ってくることも充分考えられる」

「家を出ていきます、といった書き置きのようなものはなかったのですね」

それがあれば、突然の失踪でも自発的蒸発と言える。

「そういうのはなかったそうだが、今のところは自発的な家出と見ている。認知症の可能性はあるということだが、自宅がどこなのかもわからないという重度のものではない。届出人である夫の話によると、結婚して二十六年目ということだ。うちも同じくらいの年数なんだが、もうヨメとの関係は惰性《だせい》で続いているようなもんだよ。若いあんたにはわからないかもしれないが、ときどき嫌気《いやけ》がさしてくる。以前は口喧嘩《くちげんか》もしていたが、その気力すら湧かない。うちはまだ子供が二人いるし、ヨメも働いているけど、この夫婦には子供がなくて、夫も妻もずっと家にいるそうだから、なおさらだよ。フラッと出て行きたくなったというのは、よくあるケースだよ」

「彫刻家ということですけど、別に工房《こうぼう》のような場所を持っているのではなくて、自宅で制作してはるのですかね？」

「そう聞いたよ」

良美は、家族関係の欄《らん》を見た。夫の櫑原虹彦の名前だけが記されて、関係連絡先も彼だけだ。付き添ってきた杏里の名前はどこにも出ていない。

「ありがとうございました」

良美は、千野に軽く頭を下げた。

一般行方不明者か特異行方不明者かの判断は、あくまでも所轄署の権限だ。ましてや自分の個人的な繋がりをここで持ち出すべきではなかった。届出をコピーしたい気持ちを良美は抑えた。


「あの、ちょっと気になることがあるんですけど」

それでも、消息対応室に戻った良美は、安治川に話しかけた。

室長の芝は、府警本部に出向いている。管理職が集められての臨時の会合が行なわれていた。芝はそのあと施設課に寄ると言っていた。何度もかけあって、夏場にようやくエアコンを付けてもらった。だが隙間風《すきまかぜ》が強いプレハブだけに、エアコン一台だけではここは寒いのだ。

「どないしたんや？」

安治川は、警察官人生の前半を刑事部捜査共助課で過ごした。優秀な警察官であったと良美も聞いているが、両親の介護《かいご》がダブルで必要となって、定時退庁ができる所轄署の事務管理部門に転属を願い出て、そのあと定年を迎えていた。

「実は――」

　良美は、経緯を話した。

「橿原という届出人の男と、その杏里という若い女の関係は？」

「それがようわからないんです。なんとなくの印象なんですけど、彼は杏里ちゃんに好意を持ってはるように思えました。そして届出自体が、杏里ちゃんの発案で、橿原さんは促《うなが》されてやって来た。彼がきちんと届けるか確認したいけど、生活安全課まで同行したら不審がられるかもしれないので、終わるまで一階で待っていた……そんな感触がするんです」

　杏里は、良美がこの四天王寺署員なのかどうかを気にしていた。

「彫刻家として有名で、財産もあるんやろか」

「今さっきスマホで調べてみたんですけど、橿原虹彦は塑像《そぞう》や立像《りつぞう》の彫刻のほうではなく、ガラス彫刻家です。それほどの実績はなさそうです。若い頃こそ〝シンデレラのガラスの靴〟を素材にした作品で新鋭部門での最優秀賞をもらって注目を浴びた時期もあるようですが、そのあとは目立った受賞歴もありません。奥さんの通代さんのほうはもっと検索ヒットしたものが少なくて、二件だけでした。大阪市内で行なわれた無料美術展で、出品者として並んだ数人の中に名前があっただけです。それも十五年前と七年前です」

「住まいはどこや？」

「真法院町というところでした。地番などは憶《おぼ》えていませんけど」

「それやったら、大阪の住宅地で一番地価が高いエリアやで。いや、大阪随一《ずいいち》やのうて、関西随一と言える。高級住宅街として知名度の高い兵庫《ひょうご》県の芦屋《あしや》市よりも地価は上回るぐらいやで」

「そうなんですか」

「かつて船場《せんば》の商家として成功した者たちが、こぞって住んだと言われている。高台の土地やさかいに水害の心配がないうえに、町内にある毘沙門池《びしゃもんいけ》の周囲の紅葉がきれいなんで、人気があったそうや」

「うちは大阪生まれの大阪育ちですけど、知りませんでした」

「退庁帰りに寄ってみるか。歩いて数分の距離や」

「はい」

「地域課には、管内の住宅地図が備え付けてある。橿原というのはそれほど多い姓やないやろから、すぐにわかりそうや」

「じゃ、さっそく地域課に行ってきます」

「待ちなはれ。退庁時刻になってからやで。わしらは、あくまでも勤務が終わってからのお散歩や」

「わかりました」

交番を束《たば》ねる地域課は二十四時間態勢だから、あわてなくてもいいのだ。

3

「池って、どこにあるんですか？　紅葉のきれいな」

真法院町に着いた良美は、首をキョロキョロと動かした。

「あそこやで」

安治川は軽く笑って六階建てのグレーの建物を指さした。

「え、あれは天王寺区役所やないですか」

「毘沙門池を埋め立てて建てられたんが、現在の天王寺区役所なんや」

「あらま」

「風情《ふぜい》のある池はなくなったけど、真法院町の交通アクセスの良さは変わらへん。地下鉄谷町《たにまち》線の四天王寺駅も、大阪環状線の桃谷《ももだに》駅も、徒歩数分や。名門の私学高校にも近うて文教地区なんや。塾もぎょうさんある」

天王寺区役所と指呼《しこ》の距離に、樫原虹彦の邸宅があった。黒塀で囲まれたかなり古い木造平屋建てだ。古いが、良い建材を使っているのだろう、構えはしっかりとしている。

「間口《まぐち》が広くて、横に長いですね」

平屋建てなので、塀に遮《さえぎ》られて全景は見えない。

「敷地面積は、ざっと八十坪くらいやな」

「入り口が二つありますね」

道路に面して、二ヵ所の門が塀に設けられていた。ただし、右手のほうは少し新しい木が横に打ちつけられていて、塞《ふさ》がっている。

「勝手口やったんでしょうか。でも、同じくらいの大きさですよね」

「せやな」

安治川は、ゴールデンリトリバーを連れて散歩している初老の男性をめざとく見つけて、駆け寄った。

「えらいすんません。この近くのかたですやろか」

「ええ、何か？」

「あそこの橿原はんというかたのお宅は、昔からお住まいなんですやろか」

「あなたは？」

「行政機関のもんですのや」

警察も、行政機関の一翼《いちよく》であることは間違いない。

「あそこは、私が生まれたときからずっとありますよ。以前は歯医者さんやったんです」

「ほしたら、右側の閉まったほうが歯科の入り口やったわけですか？」

「ええ。子供の頃、何度も診《み》てもらいました」

「息子の虹彦はんは、継《つ》いではらへんのですね？」

「歯科医のお父さんは継がせたかったようですよ。まああまり詳しいことは存じ上げませんが」

「他にはお子さんはいやはらへんかったのですか？」

「ええ、そうです」

「ほな、歯科医院が復活することはあらしませんね」

「あると近いんで便利なんですがね」

「虹彦はんは独身ですのか」

「いえ、奥さんがいますよ。私は、虹彦さんとは学年こそ違いましたが、小学校が同じでした。とはいえ親しいわけではなく、こうして散歩をしているときにたまにお会いしたら、挨拶《あいさつ》を交わす程度でした。奥さんのほうは、いっしょにいやはるところをお見かけして黙礼《もくれい》することはありましたが、お話ししたことは一度しかなかったです」

「どないなお話をしはったのですか」

「薬局でたまたまお会いしたんですよ。私は偏頭痛《へんずつう》と肩こりが持病でして、その関係の薬をカゴに入れていたら、奥さんから初めて声をかけられました。腰痛が気になり始めて湿布薬を買いにきたが、おすすめのものはあるだろうかって。そのあと、いい鍼灸院《しんきゅういん》を知らないかと訊《き》かれました。私は、そこまで重くはないので行ったことがなかったですけど」

「いつごろのことですか？」

「一年半くらい前でしたね」

「他に会話はありましたのか？」

「いえ、それだけです」

「その薬局では、お一人やったのですか」

「いえ、虹彦さんもいてはりましたが、店の外で携帯電話で話をしてはりました」

「そうでしたか。おおきに」

安治川は膝《ひざ》を落として、じっと待ってくれていたゴールデンリトリバーの頭を撫《な》でた。

「あんたはどない考える？　嫁のほうはほんまに認知症なんやろか」

「ちゃんとした会話のような感じですよね。一年半前までは健常《けんじょう》やったのでしょうか」

「それと、腰痛に不安を抱えとる人間が、自発的家出をするやろか？」

安治川は、腕を組んだ。

「うちなら、治ってへんかったら、ようしませんね」

「鍼灸院を当たってみるか」

徒歩圏内で行けそうな鍼灸院を調べて、訪ねてみることにした。

三軒を回った。しかし、櫃原通代という患者が現在または過去に来たという鍼灸院はなかった。

「きょうはここまでとしよか。わしらが扱える事件やないんやから、あんまし動くわけにいかへん」

「そうですね。四天王寺署の生活安全課は、このままやと一般行方不明者にしそうですけど、特異行方不明者にしてもらうように働きかけてみますか」

「それには、もっと材料を集めなあかんやろな」

「櫨原虹彦さんのところを今から訪ねてみるとかはどうでしょうか？　それとも、杏里ちゃんに会って話を聞いてみましょうか。あ、つい少年係時代のときと同じように杏里ちゃんと呼んでしまいましたけど」

「杏里ちゃんでかまへんで。そう簡単に癖は抜けへんさかいに」

「じゃあ、そうします」

「けど、なんぼ以前に関わった少女でも、勝手に事情聴取するのは、やり過ぎの独断専行やと生活安全課から批判されかねへんで。それにもし万一犯罪が絡んでいたとしたら、こちらが動いていることを安易《あんい》に悟られとうはない」

「そうですね」

「いずれにしろ明日、室長に話してからや。気にはなるけど、急《せ》いては事をし損じる」

退庁時刻の少し前に、芝室長からは直帰するという電話が入っていた。府警との暖房機交渉は難航しているようだった。

4

翌朝、芝は乗り気を見せなかった。

「それは、われわれ消息対応室のほうで、調べてみる案件ではないな」

良美は声のトーンを下げた。

「そうかもしれませんけど、でけたらうちなりに動いてみたいんですけど」

「同意しかねる。届出人である夫の認知症という言葉を信じるとしても、それほど進行したものとは思われない。年齢もまだ若い。夫婦喧嘩をして家を出たけれど、ひょいと戻ってくるということも考えられる。四天王寺署が動く前に、勇み足のようなことをしたら、批判を浴びることになる」

芝は慎重だった。

「きのうは多くの管理職が府警に呼ばれたが、注意喚起の訓示を受けた。土佐堀《とさぼり》署の暴対刑事が警察情報を反社組織に漏洩《ろうえい》していたことがマスコミにスッパ抜かれて、府警上層部は綱紀粛正《こうきしゅくせい》に躍起《やっき》になっている。反社組織の動きを知ろうと近づいて、それが過ぎて逆に取り込まれてしまった。私利私欲から出た情報流しではない。むしろ職務に熱心なあまりとも言えるが、マスコミはここぞとばかりに叩いてくる。そういう社会情勢なのだから、今は動き過ぎてはいけない」

「触《さわ》らぬ神に祟《たた》りなし、ですか」

「まあ、そこまでは言わないが。とにかく、消息対応室が扱う案件ではない。新月巡査長は、行方不明者届を見せてくれと頼んだが、コピーまではしていないだろうね？」

「コピーをくださいと言いたかったですけど、喉元《のどもと》で抑えました」

「それでいい。私たちは、間借《まが》り人であって、ここの署員ではない」

「はあ」

「われわれ警察官には、職務質問に始まって、捜査権や令状執行権などいろんな権限が与えられている。ときには拳銃の携行も許される。それだけに、管轄《かんかつ》や職域《しょくいき》を超えることにはブレーキが求められる。新月巡査長も十年以上の勤務経験があるのだから、言うまでもないことだが」

「うちは少年係が長かったんで、つい出過ぎてしまうのかもしれません。少年少女の保護育成を第一義に、積極的にいろいろ動いて予防することが求められましたさかい」

「そうだな。少年係はその意味ではちょっと特殊かもしれない。とにかくここは動くべきではない。緊急性もありそうにないから」

その日から二日間、消息対応室は、泉州《せんしゅう》署から送付されたグレーゾーン案件の調査に取り組んだ。

十九歳の浪人女子が予備校に行くと家を出たものの、母親に「勝手をしますが、誰よりも信頼できるラムダ大導師の元へ行きます。アトランティスの預言に基づいて行動します。どうか行方を探さないでください」という一文をノートの切れ端に書いて、自分の部屋の机に置いていた。

部屋の掃除に入った母親が、それに気づいて予備校に連絡したが、欠席しているということで、泉州署に駆け込んだ。泉州署は、自宅で自筆で書いていることから意思に基づく蒸発の可能性が高いが、新興宗教の存在を匂《にお》わせる記述もあり、若い女子であることから洗脳《せんのう》されての特異行方不明者という線も捨てきれない、として送付してきたのだ。

良美と安治川は、その調査を行なった。スマホは、勉強の妨《さまた》げになるとして半年ほど前に母親が取り上げていたので、ＧＰＳによる追跡はできなかった。交友関係も狭いようで、スマホに登録している友人は数人で、すべて女子であった。彼女たちに逐《ちく》一《いち》当たることで、少しずつ実像が見えてきた。母親は、一人娘を国立大学の法学部に入れて法科大学院から弁護士という道を歩ませて、元裁判官である自分の父親が主宰《しゅさい》している法律事務所を継がせたいと必死になっているいわゆる教育ママであった。

娘は、文系教科が苦手で、弁護士になる気も、跡取りとして祖父の法律事務所を継ぐ気もなかった。しかし、母親にはいくら言っても聞き入れてもらえないと悶々《もんもん》としていた。娘の父親は銀行員で、現在は上海《シャンハイ》駐在員として単身赴任中であった。スマホが取り上げられ、部屋のパソコンも外部接続がされていないので、出会い系ネットなどの利用は考えにくかった。

そうなると、デジタルではなく、毎日顔を合わせる予備校での繋がりが濃厚であった。中学や高校ほど、学校側は生徒のことを把握《はあく》していない。良美は、予備校生に話しかけて、彼女に関する情報を集めた。

その結果、予備校の同じ特進コースの中に、最近仲良くしているという噂が出ている男子生徒がいたことがわかった。彼もまた予備校を欠席していた。地方都市から大阪に出てきていたが、成績は伸び悩んでいて、このままでは来春の志望校合格はおぼつかないだろうということだった。

彼は、予備校の寮ではなく、志望校である国立大学に近いワンルームマンションに住んでいた。大学の近くなら憧れを持って、向学《こうがく》の毎日を送るだろうと、父親がそれを決めたということであった。

親に期待されての浪人生活に、プレッシャーとストレスを感じている二人の姿が想像できた。

良美と安治川は、豊中《とよなか》市にある彼のワンルームマンションを訪ねて、二人を確認した。送付を受けてほぼ一日で辿《たど》り着くことができたが、説得には同じくらいの時間を要した。

二人は、予備校をやめてアルバイトを始めたいと考えていて、まずは同棲をして、もうすぐ二十歳《はたち》になるので、そうしたら結婚するつもりだと言い出した。

事情を聞いてみたら、二人とも異性との交際経験はこれまでなくて、仲良くなったのもほんの半月ほど前だということだ。厳しい現実や親からの逃避が、先に立っている印象を受けた。

膝《ひざ》を交えて話をして、ようやく彼女は実家に帰ることを納得してくれた。そして母親にも、これまでの方針や期待過多を再考してもらうように頼んだ。

未成年女子の気持ちに寄り添うことができる良美の心くばりと、人生経験を積んだ安治川の含蓄《がんちく》ある言葉の相乗作用が功を奏した。

心地よい疲れを覚えながら、良美は帰宅した。夕食は、その母娘を交えて安治川と済ませたので、入浴して早めにベッドに横になった。そしてスマホをいじる。やはりいつもの時間にならないと、なかなか寝つけない。

「えっ」

良美は、ベッドから跳ね起きた。スマホのニュースに、記事が載っていた。

〝金剛山の転落死女性の身元判明
昨日、金剛山で滑落して死亡した女性の身元がわかった。

大阪市天王寺区に住む橿原通代さん（51歳）で、昨日早朝から一人で出かけたという。橿原さんは、大阪美大を卒業したあと水彩画家として活動していたが、ここ最近は絵筆を取っていないということである〟

良美は、あわててスクロールした。昨夜は、今夜以上に疲れて遅く帰ってきていて、スマホニュースを繰る余裕もなかった。

〝金剛山登山の女性が滑落死
大阪府警南河内《みなみかわち》署によると、金剛山の山頂近くで、中年の女性が渓谷に滑落して倒れているところを、別の登山者が発見した。心肺停止状態であり、病院に運ばれたが死亡が確認された。現場の状況から、南河内署は足を滑らせてしまって脳挫傷を起こした滑落事故死とみている。金剛山での死亡事故は珍しいが、冬場の天候の悪い時期における難コースの単独登山は危険だと地元関係者は指摘している〟

良美は、息を吐いた。

近隣の男性の話によると、橿原通代は腰が悪かったのだ。そんな女性が、寒い山に一人で登ろうとするだろうか。

少しためらったが、安治川に電話をかける。安治川も疲れているだろうが、まだ深夜ではない。

「もしもし、なんぞあったんか？」

三コールで安治川は出てくれた。

「かんにんです。実は――」

良美は、事情を話した。

「そうか。やはりネットニュースは新聞よりも伝わるのが速いな。金剛山で転落死体が見つかったことは新聞に出とったけど、身元までは」

「どう考えたらええんでしょうか。いい鍼灸院が見つかって腰が快復したという可能性もないとは言えないと思いますけど」

「南河内署が早々に事故死と判断したんやから、そこは疑義《ぎぎ》は少ないと思うで」

「もう関わらないほうがええですかね？」

「あんたは、どこが引っかかるんや」

「杏里ちゃんと虹彦さんの関係です。こう言っては失礼なんですけど、虹彦さんはイケメンでもない小太りのオジサンです。それに、ガラス彫刻家としてそんなに活躍していないようです。華麗なガラス作品は女性に人気がありますけど、作品と制作者は別ですよね。せやけど、関西一地価の高い住宅地に、あれだけの家を持っていたら資産価値はかなりのものです」

「そやな。坪百八十万円として、八十坪なら一億五千万円近うになる。歯医者をしてはった父親の預貯金もあるやろしな」

「もしも杏里ちゃんが財産目当ての結婚を考えていたと仮定したなら、奥さんである通代さんは邪魔ですよね」

「それはそうやな。けど、事故死というのは争う余地がなさそうや。それに一億五千万円は大金やが、年の差結婚をするのに見合うほどの高額とは必ずしも言い切れへん。しかも虹彦はんが死なんことには相続は始まらへん。彼は五十歳や。まだ平均余命まで三十年ほど時間があるで」

「たしかにそうですね。けど、やっぱりしっくりきいひんのです。うちが関わっていたころの杏里ちゃんは、父親のような年上の男性は大嫌いでした。きょうの浪人生もそうでしたけど、同年代がいいという女子のほうが多数派です。杏里ちゃんが急に年上好きになったとは思えへんのです」

「四天王寺署で見かけたんは短い時間やったやろけど、二人からはどないな印象を受けた？」

「前にも少し言いましたけど、虹彦さんは杏里ちゃんに惹《ひ》かれているようでした。けど、杏里ちゃんのほうは少し離れて、そうでもない気がしました」

「二人の接点がわかったら、関係性も摑《つか》めるかもしれへん。けど問題は、わしらに調査権がないことやな」

「グレーゾーン案件になってうちに回ってくる可能性はないんですか？」

「それはゼロやな。死亡が確定したんやさかい、そもそも行方不明者やあらへんのや。それに事故死と判断されたんやで」

「ああ、そうですね」

　行方不明案件ではなく、死亡案件だ。消息対応室の出る幕ではない。しかも、殺人事件でもないのだ。

「けど、なんとかして調べてみたいんです」

「そこまで言うのは、なんでなんや」

「杏里ちゃんとの絡みは、うちにとって大きいんです」

「どない大きいんや?」

「聞いてもらえますか……長うなりますけど」

第二章

1

新月良美は、六年前の二十七歳のときに、念願の少年係担当として、難波署に配属された。

学生時代は青年心理学を学び、ボランティア活動サークルで不登校の子供たちのフォローをするNPOの手伝いをした。それがきっかけで警察官になりたいと思い、採用されたときから少年係を志望していたのだ。

少年係一年目に、良美はタレコミの電話を受けた。若い男の声だった。

「あの、ガールズバーって、制限あるんですか?」

男はためらいがちにそう訊いてきた。

「制限って？」

ガールズバーというのは、昔からある業態ではない。警察的な分類からすると、風俗営業のカテゴリーには入らず、飲食店の一種となる。これに対してキャバクラやキャバレーは、広い意味での風俗営業となる。その境界は、〝接待〟を伴うかどうかだ。ソファに座ったお客の横に座って、水割りを作ったり、談笑したり、いっしょに歌唱したり、ダンスをするといった行為が〝接待〟となる。しかし、カウンター越しにお酒を差し出すだけで、会話はするものの、横に付いてお酌《しゃく》をしなければ〝接待〟にはならず、ガールズバーはこの範囲に留《とど》まる限りは、あくまでも飲食店だ。そこで働く女の子は、女性バーテンダー扱いになる——ということを、研修で受けていた。

「何歳から可能なんですか？」

「あなたは、何歳なの？」

声の感じからすると、かなり若い。いくら飲食店扱いであっても、基本的に酒類を提供する場なのだから、未成年者の入店は好ましくない。

男はしばらく黙ったあと、こう言った。

「おれがお客として行くことを尋ねているのではないんです。知っている十七歳の女子高生が、内緒で働いています」

「確かなのですか?」

十八歳以上でないと、ガールズバーでは働けない。ましてや高校生というのはよくない。

「本当です。ミナミの相合橋《あいあうばし》のすぐ近くにある茶色い雑居ビルの二階にあるサンタクララという店です」

「女子高生の名前は?」

「大阪港川《みなとがわ》高校の……沢木《さわき》杏里さんです」

「あなたの名前も教えてください」

「それは勘弁してください」

「同じ高校なのですか?」

「いえ……サンタクララの客ですよ」

若い男はそう言って、電話を切った。


良美は上司に相談した。

サンタクララという店は実在し、その経営者はあまり評判のいい人物ではなく、反社会的勢力との関わりも噂されていた。

良美は、電話の男が言っていた公立高校に足を運んだ。三年生に、沢木杏里という女子生徒は在籍していた。担任教師によると、成績は中位で、欠席日数は少なく、あまり目立たない生徒だという。シングルマザーの母親が六年前に病死してしまい、現在は東成区《ひがしなり》の養護施設から通っているということだ。兄弟姉妹はいない。

クラス写真の沢木杏里は、身長も高く、大人びた印象がある。整った顔立ちだが、同じクラスの女子生徒の何人かがしているような化粧はしていない。頭も黒髪だ。

担任によると、部活動は何もしておらず、あまり親しい友人もいないようで、交際している男子生徒もいないのではないか、ということであった。四月の個人面談のときは、「自分が施設から通っていることは、他の生徒に言わないでほしい」と要望していた。友だち同士がお互いの家に遊びに行くという、思春期の少女の楽しみはないと思われた。それを避けたいので、友人を作っていないのかもしれなかった。

学校としては、原則的にアルバイトは認めていないが、把握はできておらず、かなりの生徒がコンビニ店員や新聞配達などをしているのが現状だということであった。

良美は、杏里が暮らす施設にも伺った。その施設は、高校生の場合は原則的に、午後七時の夕食に間に合うように、午後六時半が門限となっていたが、理由のある場合は許可制とされていた。杏里は、「土日限定で午後十時まで、ミナミの地下街にあるハンバーガーショップでアルバイトをしたい」と申し出て、認められていた。施設に住むことができるのは高校生までで卒業したなら自活していかなくてはいけないので、その準備費用目的なら、高校二年生以上は門限以降でも労働基準法に触れない夜十時までなら許可されるということであった。杏里は、昨年からハンバーガーショップでアルバイトを始めており、その店の印鑑が押された許可申請書も提出していた。施設職員の話では、土日の午後から毎週、高校の制服姿で出かけており、夜十時を過ぎてしまったことは一度もないという。

そのハンバーガーショップに照会したところ、四ヵ月前に退店していた。働き始めたときの許可申請書を撤回《てっかい》することなく、施設には虚偽申告をしていたことになる。

少年係は、内偵《ないてい》を始めることにした。

ガールズバーは、夜の八時か九時くらいから開店して、朝の五時くらいまで営業している店が通常だ。二次会や三次会、さらに終電を逃したサラリーマンたちを主な客層にしている場合が多いからだ。そんな中にあってサンタクララは、平日も午後五時から、土日は午後三時から開店していた。競合店がひしめくエリアだけに、他店との差別化を図《はか》っているものと思われた。

良美が高校からコピーさせてもらってきたクラス写真を手がかりに、若手の男性捜査員が客のふりをして、土曜の四時過ぎに訪れた。

杏里と思われる女性のほか、三人の若い女の子がいた。すでに客も四人がいた。

施設に午後十時に帰るためには、店を九時頃に上がる必要がある。

別の捜査員が、店を見渡せる場所で張り込んだ。

九時過ぎに、一人で出てきた杏里は、公衆トイレに入って学校の制服に着替えた。

そして地下鉄に乗って、東成区の施設に帰った。

たれこみは、ガセではなかった。

内偵が続けられた。小さな店であったが、杏里以外にも十八歳未満かもしれない少女が見受けられた。

少年係は、風紀係と合同で店内立ち入りを実施した。

杏里は補導されて、良美が事情聴取を行なった。

「お母さんが死んだ後、その友人から借金をしていたことがわかったんです。多額やなかったですけど、そのときは中学生なのでどうしようもありませんでした。けど、世話になりっぱなしは申し訳なくて、早いとこ返したかったのです。それで、ハンバーガーショップよりも時給のいいアルバイトをネットで探しました」

「十七歳ではガールズバーで働けないって、知らんかったの？」

「あの店に面接に行くまでは、よう知りませんでした。オーナーさんから『ホントは十七歳ならNGやけど、君はそうは見えないし、可愛いから採用するよ。ゼッタイ秘密だよ』と言われました」

杏里はうなだれた。学校や施設に連絡されることをひどく気にかけていた。

良美は、上司と相談した。学校や施設を訪れたときに、可能性があるからという事情を話して情報提供の協力を受けている。「調べましたが、違いました」という嘘を警察がつくことは適切ではない。杏里には〝同じことを繰り返さない〟という誓約をさせたうえで、処分などをなるべく受けない穏当《おんとう》な措置《そち》と、そして同級生や施設生には知られないように、という配慮を強く要請することにした。

経営者については、風紀係の捜査員が事情聴取したがその供述は少し違っていた。

「あの子はルックスがいいので、即採用としました。土日のみの、しかも早い時間帯に上がるという異例なシフトでしたけど、認めました。親が厳しくて門限があるってことでした。十七歳ってことはないですよ。十九歳のフリーターと言っていました。年齢は、健康保険証で確認しました」と話したということであった。杏里以外は十七歳以下の女の子はいなかったが、売り上げアップのために十八歳や十九歳の未成年女子が客におねだりをしてアルコール類を飲んでいることが常態化していたこともはっきりしたので、検挙となった。

それから約半年が経過して、新しい年が明けた。

良美は、杏里の来訪を受けた。

「もうすぐ高校を無事卒業します。ハンバーガーショップに戻って、バイトを続けています。ですから、安心してください」

制服姿の杏里は頭を下げた。

少年係には、以前に関わった少年や少女がやってきて元気な姿を見せて近況報告をしてくることが、たまにある。成長した教え子の訪問を受けた教師のような気分になる嬉しいひとときである。

「実は、ちょっと相談があるんです。同じ高校のクラスメートだった男の子のことなんですけど……」

杏里は、表情を暗くした。ここでは話しにくい様子だ。

良美は、外へ杏里を連れ出した。

「彼は、ちょっとやばいバイトをしているみたいなんです。以前にしていたあたしが言うのもけったいなんですけど」

　杏里は遠慮がちにそう言った。

「どんなふうに、やばいバイトなん？」

「電話で指示された家に行って、お金を受け取るバイトです。スーツを着て、お年寄りのところへ『弁護士事務所の者です』と嘘をついて……」

「どうやら、特殊詐欺の受け子のようね」

「助けてもらえませんか。いずれ捕まってしまいそうです」

「その男の子の詳しい情報を教えて」

「名前は、日下部《くさかべ》崇明《たかあき》君です。同じ高校で、二年生のときクラスメートでした。彼は高校三年の春に中退しています。中退したあと彼は家を出て一人暮らしを始めてガソリンスタンドで働き、そのあと建築手伝いになりました。そのときに知り合った人から誘われたそうです」

「もしかして杏里ちゃんのカレシさん？」

「あ、はい」

　杏里は小さくうなずいた。

「報酬はええらしいですけど、犯罪ですよね」

「ええ、詐欺罪の共犯になるのよ。未成年であっても、杏里ちゃんのときのような説《せつ》諭《ゆ》だけでは済まないわね」

「罪を重ねへんうちに止めたいのです」

「けど、ひょっとしたら、杏里ちゃんとカレシとの間に亀裂《きれつ》が入ってしまうかもしれへんわよ。杏里ちゃんが警察にチクったことになりかねないから」

「それは……覚悟しています」

「どうやって、その事情を知ったの？」

「日下部君のアパートに遊びに行ったときに、大人の男性が突然訪ねてきたんです。あたしは彼に言われるまま押し入れの中に隠れました。それで、やりとりを聞いてしもたんです。そのあと『絶対に誰にも言うんじゃないぞ』ときつく口止めされました」

「彼は、建築の仕事はしていないの？」

「やめたわけではないですけど、不定期で声をかけてもらったときに行っています。それだけでは、自活するお金が足りないんだと思います」

「もう一度確認するけど、彼と別れることになってもええのね？」

「彼のためになるから、かまわないです」

良美は、同じ生活安全課の生活経済係の捜査員に相談した。

捜査に着手するには、さらに詳細な情報提供が必要ということであった。良美は、生活経済係の捜査員に杏里を紹介した。そして彼女は、日下部に気づかれないようにして、捜査の全面協力者となった。

その結果、高齢者をターゲットにした特殊詐欺の六人グループが摘発された。日下部ともう一人の若者は、末端の受け子や出し子であったが、彼らも逮捕された。ただ、役割や年齢が考慮されて、二人は起訴猶予《きそゆうよ》となった。

良美は、杏里から電話を受け取った。

「日下部君とは別れることにしました。『おまえがスパイだったんだな』となじられました。だけど、後悔はしてません。これでよかったんやと思うてます」

杏里は涙声でそう言った。

高校を卒業した後は、西淀川区《にしよどがわ》にある製菓工場で働き、施設も出て寮で生活するということであった。

「まだ若いんやから、いくらでも出会いのチャンスはあるわ。新しい土地で、幸せな人生を歩んでいってね」

良美はそうエールを送った。

2

それから約四年後に、良美は杏里と再会する。

杏里が、また難波署を訪れてきたのだ。

「新月さん、おかわりないですか?」

二十一歳になった杏里は、美しさに磨きがかかっていた。高校生のころは大人びて見えたが、今はむしろ年相応な印象を受ける。

「そうね。うちはとくにはあらへんわ」

巡査長になったくらいのものだ。ある程度の年数が経ち、良好な勤務をしていれば、昇任試験を受けなくても巡査長にはなれる。

「西淀川区の製菓工場は、二年ほどで辞めました。今は、化粧品メーカーの美容部員として心斎橋《しんさいばし》のほうで働いています」

「そうなの」

「コスメのことでご相談があったら、いつでもどうぞ」

「いえ、うちはあんまし」

良美は軽く笑った。いつもスッピンに近いメイクしかしない。

「実は、日下部君とヨリが戻ったんです」

「そうなの」

「半年ほど前に、なんばウォークでバッタリ会いました」

なんばウォークは、中央区千日前《せんにちまえ》通りの地下商店街である。

「偶然に?」

「ええ。別れて以後は、お互い全然連絡も取ってへんかったんです。それだけに、運命のようなものを感じちゃいました。あたしは仕事帰りにウィンドウショッピングをしていてヒマやったんで、誘われてお好み焼き屋に入りました。いろいろ話をしていて、過去の新事実がわかったんです」

「過去の新事実って?」

「あたしがガールズバーに十七歳で働いていたことがわかったきっかけは、何やったのですか?」

「電話があったからよ。匿名《とくめい》で店のお客ということやったけど」

「その電話は、日下部君がかけたんです。お好み焼き屋でそれを打ち明けてくれました」

「せやったん」

お互いが、告発しあっていたのだ。

「あたしは、年上の男性が苦手なんです。母は、あたしが三歳になるまで父と入籍せずに半同棲していました。父の顔はほとんど記憶にあらへんのですけど、母に暴力を振るっていたことは覚えています。あたしも、平手打ちされました。あたしの最も幼い思い出がそれです。母はそのあと父のところを出て別の男と暮らしましたけど、今度は酒浸りの男で酔うと怒鳴りました。殴られはしませんでしたけど、怖かったです。そんなこともあって、オヤジ嫌いになりました。だけど、あのガールズバーではそんなことは言うてられません。加齢臭がきつうても、皺《しわ》やシミが醜《みにく》うても、お客さんなんやから笑顔で接しなあきません。その愚痴を彼に洩《も》らしたことがあったんです。それで彼は、あたしを見かねて、警察に電話したわけです。そのときは、全然気づきませんでしたけど」

「杏里ちゃんは、逆に彼のことを慮《おもんぱか》って、通報したんやね」

「ええ。あのままでは詐欺の受け子として、いいように利用されるだけやと思いましたから。食い違いがあったまま、あたしたちは別れてしまいました。でも再会して、やり直せるかもしれへんと感じました。あれから、あたしは三人の男性とつき合いましたけど、いずれも長続きしませんでした。彼も、似たようなものだということでした」

「よかったんやない。偶然再会でけたのも、運命かもしれへんわね」

「そうなんです」

「彼のお仕事は？」

「建築関係に戻りました。でも、そんなに器用じゃないので、大工さんにはならずに、不動産の営業分野に移りました。アルバイトとして取引の仕事の補佐をしながら、宅地建物取引士をめざして勉強中です。高校中退でも受験資格はあるそうですから」

「頑張ってはるのね。ええことやわ」

「彼の前向きな姿勢に感動して、元サヤに戻ることになりました。けど、困ったことが起きたんです。けさのことです……ご存知ないですか？」

「何やの？」

「別の所轄署のことだから、知らはらへんのですね。北摂署の刑事さんたちがやってきて、彼は同行を求められました」

「どういう理由で同行を？」

「彼が仲間と二人組で裏庭から空き巣に入ったところを、帰宅してきた男性に見つかって、共犯者がその男性を殴り飛ばして逃げたという容疑です。早朝から刑事さんがやって来て、まさに寝耳に水でした」

「いっしょに住んでいるの？」

「きょうは、あたしが仕事休みなので、彼のワンルームマンションの近くの居酒屋で飲んで、そのままお泊まりしました」

「家宅捜索も受けたの？」

「はい」

「捜索令状が出ているのやから、根拠がありそうね」

「日下部君は『まったく身に覚えがない』と否認して、その場で刑事さんから説明は受けました。空き巣に入られて殴られた被害者が、『顔を見たことがある男だった』と証言したそうです。被害者は、家が手狭《てぜま》になったので買い替えを検討していて、物件を探しているお客さんでした。日下部君の上役が、候補の家を三軒ほど案内して、彼はそのときに車を運転する役目だったのです」

広い家への買い替えということなら、自分の家を売って、その代金に現金やローンを加えて購入するということになる。それらの取引を扱う不動産業者なら、査定のために家の中に入っているだろうし、家族構成や資産などもある程度わかっているだろう。

「だけど、そんな顔がわかっている人のところに盗みに入ったりしますか？　すぐに身元がバレてしまうやないですか。日下部君はアホやないです」

「うーん、せやけど留守宅やったんでしょ？」

たとえば、当日は仕事で留守だという話を聞いていた。だから空き巣に入ることにした――という犯行計画を立てたことは考えられる。裏庭から入るのが可能なことは、査定のときに知りうる。

「やっぱり、新月さんも信用してくれないんですね。彼は詐欺の前科者だから」

「前科者やないんよ。詐欺幇助《ほうじょ》で逮捕はされたけど、起訴猶予を受けたのやから、前科はついてへん」

「でも、信じてもらえへんのですね」

「信じたいけど、何か否定材料があらへんと……」

被害者の目撃証言があるのだから、それを覆《くつがえ》す必要がある。

「新月さんのほうで、事件があった日にちを調べてもらえませんか？　あたしが訊いても教えてもらえないでしょうから」

「それを知ってどないするの？」

「さっき言ったように、あたしと日下部君はお互いのマンションを行ったり来たりしています。もしかしたらアリバイが成立するかもしれへんのです」

「家宅捜索の結果、何か押収されたの？」

「いっぱい調べられましたけど、押収されたのは彼のスマホとカメラだけでした」

窃盗が未遂に終わったとしたら、盗品はないことになる。

「逮捕状は見せられたの？」

「いえ、それはなかったと思います」

どうやら、まだ逮捕前の家宅捜索と取り調べの段階のようだ。自供が得られたなら逮捕に踏み切るのだろう。

「廊下の長椅子で待っててくれはる？」

良美は、北摂署の刑事課に電話で問い合わせてみた。

被害者の男性は、出産を控えた妻を淡路島《あわじしま》の実家に車で送ったが、仕事で小さな問題が起きたので、予定を変更してトンボ帰りをすることになった。そこで、空き巣犯が物色しているところに出くわした。合気道の経験があり、体力には自信があったのでひるむことなく、一喝《いっかつ》した。驚いて振り向いた空き巣犯人は、購入と買い替えを依頼している不動産会社の従業員であった。車を運転していた補佐役の男であったが、内見《ないけん》のときに同席していて見覚えがあった。

そのとき背後から別の男が動いた。共犯者がいたのだ。隙を突かれた被害者は顔面を殴られて、転倒した。その間に、窃盗犯たちは裏庭の塀を乗り越えて逃げていった。その家は裏手も細い道路に面していた。

被害者は唇に傷を負ったが、盗《と》られたものはなかった。二人組は手袋をしていたようで、指紋は残っていなかった。殴ってきたほうの男とは面識はなかったが、殴ったその男は「痛い」と小さく叫んで拳《こぶし》を押さえていた。

物色の仕方は、プロっぽくなかった。和箪笥《わだんす》は、引き出しが邪魔にならないように下から開けていくのが玄人《くろうと》の技なのだが、そうはしていなかった。へそくりがよく隠されている額縁の裏なども手つかずであった。

北摂署は窃盗と傷害の共同正犯容疑で、家宅捜索差押許可状を取って執行した。日下部は、否認したあと、黙秘を続けているということであった。

「お待たせしたけど、聞き出せた。犯行があったのは、おとといの夜九時半ごろというこことやわ」

良美は、杏里を呼び戻した。

「おとといの夜なら、あたしのマンションで一緒にテレビを見ていました」

「せやったの。けど、恋人の証言だけでは弱いんよ。誰かが訪ねてきたとか、近くのコンビニやお店に出かけたといったことは、あらへんかったん？」

「そういうのはないです。あ、でも、ピザの宅配を取りました。おなかが減ったんでちょうどそれくらいの時間帯です」

「配達した店員さんは、二人を見てはるの？」

「応対してお金を払ったのはあたしでしたけど、中に居た日下部君も見てるかもしれません」

「どこのピザ店か教えて」

再び杏里を廊下に出して、電話で照会をする。たしかにその夜の九時四十分にオーダーを受けて、約二十分後にマルゲリータを二人前配達していた。ただし、配達した店員は、日下部がいたかどうかは憶えていないということであった。

杏里のマンションから犯行現場までは、急いでも五十分ほどかかる。もし日下部がそこにいたとしたら、犯行は不可能であった。

「北摂署に、このことは伝えとくわ」

「お願いします」

良美は、北摂署まで出向いて、検討を依頼することにした。

まだ供述を求めている段階だから、日下部は逮捕されていない。今なら、警察としては絶対やってはいけない誤認逮捕を防げるかもしれなかった。

北摂署では、日下部が黙秘したままで膠着《こうちゃく》状態であった。逮捕に踏み切れない理由が、もう一つあった。侵入窃盗の時間帯は夜間であり、犯人は、洞窟探検などに使われる頭にバンドで巻くライトを使用していた。

北摂署の刑事課でもう一度現場検証をしてみたところ、ライトによってまぶしさを感じて、犯人の顔はそれほど鮮明には目撃できないということがわかった。すなわち、日下部崇明に似ていたことは間違いないが、断定できるほどではなかったのである。しかも一瞬に近い時間であった。被害者の男性も、「少し興奮していましたので、百パーセントの自信はありません」と供述のトーンを変えていた。現場付近の防犯カメラ映像も調べられたが、手がかりになるものは見つからなかった。

そこへ良美がアリバイ情報を持ってきたのだ。北摂署は、留置をするのは不適切と判断して、日下部をとりあえず帰宅させることにした。

ところが、その翌日に事情が変わった。

右手小指を脱臼《だっきゅう》した男が、病院で治療を受けたことがきっかけだった。

北摂署では、共犯の男からも糸口を探していたが、被害者男性が殴られたときに、相手が「痛い」と声を上げていたことに注目していた。慣れていない人間が喧嘩をしたとき、殴打したほうが拳を痛めてしまう例は珍しくはない。病院に照会をかけていたところ、一人の男が網にかかった。

事情聴取を受けた男は、あっさりと犯行を認めた。自分は誘われて同行しただけで、主犯は日下部崇明だと主張したのだ。男は日下部と同年代で、建築の仕事をしており、現場で日下部と知り合ったと話した。

窃盗の計画はすべて日下部が立て、ライトも日下部から手渡されて、処分するように命じられていた。そして犯行が発覚して現場から逃げたあと、その男の携帯電話を借りて、日下部が杏里のところに電話をしたということだった。男の携帯からは、それを裏付ける通話記録があった。

被害者に顔を見られた可能性があったので、杏里にラージサイズのピザパイ二人前を注文させることで、日下部はアリバイを作ったわけである。

「新月巡査長、ずいぶん手間を取らせてくれましたな」

良美は、北摂署の刑事課長から嫌みを言われてしまった。

釈放されていた日下部は、杏里とともに荷物をまとめて、沖縄《おきなわ》に発《た》とうとしていたが、何とか空港で身柄を押さえることができた。

日下部は、二人の新しい生活のためにもっと広いマンションに移りたいと思っていたところ、眺望のいい高層マンションを売ろうという別のお客が紹介によって現われた。急遽《きゅうきょ》家業を継ぐことになり、九州に帰ることになったお客は、「早く売りたいので相場より安くていい」と言った。めったに出ない破格の好条件なので市場に回す前に自分が手に入れたかったが、日下部としては長期ローンを組んでも払いきれない額であった。

そこで、今回の被害者に目をつけた。在庫品や不用品の買い取りを個人でやっていて羽振りのよさそうな彼は、「買い取りの価格交渉をするときに何よりも武器になる現金を、いつも用意している」と自慢げに話していたことがあった。

高層マンションを売ろうというお客を紹介してくれたのが、いっしょに空き巣に入ることになった建築手伝い時代の知り合いの男であった。

日下部と共犯の男は、窃盗未遂と傷害容疑で、逮捕された。日下部は、今度は起訴猶予を受けることなく、刑事裁判にかけられた。窃盗が未遂であったことと、傷害の程度が軽微《けいび》で治療費を払ったことが考慮されて、執行猶予付きの有罪となった。

アリバイ作りを手伝った杏里は逮捕には至らなかったが、厳しい説諭を受けた。杏里は「彼とは縁を切ります」と反省を口にした。

安易にそれに乗ってしまった良美には、署長から厳重注意を与えられた。そして次の四月の定期異動で、消息対応室への転任が命じられたのだった。

3

良美はいつもより早く登庁した。難波署時代のことをあれこれ思い出してしまって、よく寝られないまま朝になった。

その良美よりも、安治川はさらに早く出勤していた。

「おはようございます。きのうは、長話につき合わせてしまって、かんにんでした」

「いやいや、よう打ち明けてくれはりました」

安治川は、缶コーヒーを手にしていた。眠気覚ましなのだろうか。

「わしは高校時代にラグビーをしていたけど、試合中に何度もミスをやってしもうた。大事な公式戦で、トライ確実という場面でノックオンをしたこともある。ノックオンというのは、ボールを前に落としてしまうことや。それでチームは逆転のチャンスを逸《いっ》して敗戦となった。悔しいやら情けないやらで、ロッカールームでへたり込んでいたわしに、先輩がこう言うてくれた。『試合に出られるさかいに、ミスをするんや。ミスがあるということは、むしろ誇らしいことなんや』と」

「はあ」

「成功の反対語は、失敗やない。成功の反対語は、何もチャレンジせえへんことや、という言葉もある」

「安治川さん。うちは有《あ》り体《てい》に言えば、少年係の職務から外されて、装備庫の二階の小部署に飛ばされたということになるかもしれません。けど、うちにとってはかえってラッキーやったと思うてます。負け惜しみやのうて、むしろ今の消息対応室のほうがやりがいを感じてます」

「それはわかってるで。あんたはよう頑張っている。せやから、一つ提案があるんや」

安治川は、缶コーヒーを飲み干すと、机の上に置いた。

「今回の、櫃原通代はんの行方不明事案は、わしに預けてくれへんか？」

「預けるって、どういう意味ですか」

「あんたは動かへんで、このわしに任せるということや。過去のいきさつがあるあんたがやりたい気持ちは理解でけるけど、ここは委《ゆだ》ねてくれへんか」

「はあ」

「けさは早起きしたんで、真法院町に足を運んでみたんや。そして、町会長をしてはる家の主婦が前の道路を掃除していたので、声をかけてみた」

「町会長さんの家やて、どうしてわかったんですか」

「あの町内では、役員さんの札が玄関先に掛かっていたやないか」

「そこまで気がつきませんでした」

「大阪市内の大半はそうなんやで。それで、橿原家のことを訊いてみた。歯科医のお父さんは、一人息子の虹彦はんに継がせたかったようやがかなわなんだ。虹彦はんは美大に進んで、大学時代に知りおうた通代はんと結婚したが、子供はできひんかった。最近は通代はんをあまり見かけへんようになった。見かけたときはいつも夫の虹彦さんが付き添うていた——ということなんや。通代はんは外反母趾の手術を受けたと虹彦はんは言うていたそうや。そして登山の趣味があるなんて聞いたこともないと話してくれた。せやから、疑問点はある。そんな人間が、単独で登山をすることは考えにくい。今の時期の金剛山は雪も積もっとる。このまま放置はせえへん。わしなりにやってみたいんや。一任してほしい」

良美は、安治川の行動力にあらためて感心した。

「安治川さんは、このあとどう動かはるんですか」

「逆に訊《き》かしてくれ。あんたなら、どう動くんや?」

「それは……正直なところ、方法がまだ見つかりません」

滑落事故死ということで、事件性はなくなったのだ。特異行方不明者どころか、もう行方不明者でもない。消息対応室が扱えるものではないのだ。

「そんならやはり、わしに一任してくれ。あんたが勝手に動くことは厳禁や」

「安治川さんがどうしはるのかだけでも、教えてください」

「もう少し素材を集めてみたいんや。長いこと府警におったさかい、知り合いはようけいてる。南河内署にも一人、刑事部時代の後輩がおるんや。きょうは休暇をもろうて、行ってみたいと考えている」

「うちも、同行でけませんか?」

「それはあかん。たとえ休暇を取っていたとしても、勝手な行動をしたということで処分を受けてしまう可能性はあるんや。わしは、あんたとちごうて再雇用の身やさかいに、昇進も関係ないし、マイナス査定も恐いことあらへん。ジジイやからこそ、動けるんや」

「ずっと指をくわえて見ていなさい、ということですか？」

「そこまでは言うてへん」

安治川は、まだ出勤していない芝警部の机に視線を移した。

「室長は、府警本部の警務部でかなりのエリートコースに乗っていたが、部下が公金を使い込んだことで、ここへ転任となった。室長は、左遷と受け止めているだけに、捲《けん》土重《どちょう》来《らい》の気持ちは強い。消息対応室が存在意義を示し、実績を挙げることをよしと考えている。他のセクションが見落としたことを掬《すく》い上げられたら、それもええ功績になる。せやけどその一方では、室長には慎重さもある。動いたけれども見当違いやったということになったなら、マイナスの実績となる。あんたも、負の査定は経験したはずや」

「そしたら……」

「わしが個人として動いてみる。そのうえで、材料が得られたなら、室長を説得して消息対応室で取り上げることにしたい。それまではあんたは動いたらあかんで」

「室長を説得できひんかったら、どないなるんですか」

「今は、そういう仮定の話はなしにしよや」

「あ、はい。たしかに、できないことを先に考えるのは、ようないですね」

安治川は、飲み干した缶コーヒーを空き缶入れに捨てた。

「わしは休暇願を書いたんで、これから出かける。すまんけど、室長に渡しといてくれるか」

「あの、一つだけ動いていいですか。櫃原虹彦さんが出した行方不明者届は、もう死亡案件になったということで届出人に返却されると思うのです。それまでに、生活安全課に行って、コピーをさせてもらおうと思います。生活安全課は嫌がるかもしれませんが」

「それは嫌がるで。越権行為やと拒否されるかもしれへん」

「何とか頼んでみます。返却されたあと虹彦さんに再提出を求めるのは、警戒されると思いますから」

「同感や。まだ正面から虹彦にぶつかる段階やない」

不審がられることは、避けるべきだ。

「コピーさせてもらってきます」

「いや、うちは間借りさせてもろてるんやから、この署と波風が立ってしまうのはようないで」

「はあ」

「それは何とかなりそうや」

安治川はかすかに笑いながら、消息対応室を出て行った。

第三章

1

「お待たせしました。安治川さん、お久しぶりです」

南河内署の浅野《あさの》刑事課長は、大柄な体格を揺するようにして現われた。手にしたA4サイズのファイルが小さく見える。

「すまんな。忙しいやろに」

「いやあ、大阪府下の東南端に位置する隅っこ署ですから、ひなびていてのんびりしたもんですよ。そのかわりに、近くにカフェのようなものもなくて、こんな無粋《ぶすい》な会議室ですみません」

浅野は、安治川が捜査共助課にいたときに、若手の一人として入ってきた。

「元気そうやな。まだアメフットやっているんか?」

浅野は、体育大学のアメリカンフットボール部出身で、捜査共助課に加わったころはOBチームの主将として現役であった。

「もうとっくに引退しましたよ。でも、アメフットと言ってもらえて嬉しいです」

浅野は、アメフトという略しかたは正しくなく、アメフットと呼ぶべきだという持《じ》論《ろん》だった。

「納得でけることやったから、憶えているんや」

「安治川さんは、生活安全部で再雇用されたと聞きました」

「そのとおりなんやけど、こっちは生活安全部の隅っこセクションや。府警本部庁舎に職場があるんやないで」

安治川は軽く笑った。

「それで、金剛山での転落死体の件ですね」

「手間かけてしもて、すまなんだ」

事前に電話はかけておいた。

「冬の時期で強風も吹いていた日とはいえ、死者などめったに出ない山ですから、慎重に調べましたよ。検視官によると、死因は脳挫傷《のうざしょう》でした。雪の登り坂で足を滑らせて渓谷に滑落して、不運にも露出している岩で側頭部と顔面をぶつけたのが原因です。フードはかぶっていましたが、ほとんど保護の役割は果たさなかったでしょう。ヘルメットまで用意している人は、あの山ではまずおりません」

浅野は現場で撮影された写真をA4ファイルから取り出した。見るからに痛々しい血が流れた遺体であった。側頭部から顔面にかけて裂傷を負っている。

「雪があったので、足跡や滑落痕跡は把握することができました。登攀《とうはん》にはほとんど使われないコースで、亡くなった橿原通代さん以外の人物のものはありませんでした。争ったような形跡もまったくありませんでした。所持金は財布の中に数万円ほどが、クレジットカードとともに入っていました」

「つまり、他殺はまずありえへんということですね」

「自殺ということも、考えられませんよ。よほど打ち所が悪かったわけでして、渓谷に向かって自分から墜《お》ちたとしても、あんなうまく死ねる確率は低いです。しかも面倒な防寒の厚着をして軽アイゼンまで履《は》いて……自殺ならビルから飛び降りたり、電車に飛び込むほうが、簡単でしかも確率はずっと高いです」

「発見者は、地元の人ですか？」

「いえ、大阪市内に住む四十代の男性で、たまたま渓谷沿いのルートをその日の午後に登っていて、見つけて通報してくれました。しかし救助隊が到着したときは、もう心肺停止状態で手の施しようがありませんでした。近くの病院に搬送されましたが、そこで死亡が確認されました」

「身元確認はどないなふうに」

「橿原通代さんの財布の中にはクレジットカードが入っていて、携帯電話も持っていたので住所と名前はすぐにわかりました。四天王寺署に連絡をしたところ、行方不明者届がその日に出ていたことがわかって、届出人である夫の橿原虹彦さんに収容先の病院まで確認に来てもらうことになりました」

「確認に来たのは、夫一人だけやったのですか」

「複数人による確認が望ましいので、他にいないかと伝えたところ、虹彦さんの弟子だという女性が同行して来てくれました。そのあと、うちの署で携行遺品の引き渡しをしました」

「同行してきた女性の名前、わかりますか」

浅野はファイルで確認した。

「えっと、沢木杏里という二十三歳の女性です」

また杏里が登場した。ガラス彫刻家の弟子という肩書で……。

「二人とも、通代はんに間違いないということやったんですね」

「ええ、それだけではなく、遺体の特徴として外反母趾の手術跡がありました。比較的最近のものと思われました。夫の虹彦さんによると、先々月に大阪西部中央病院でオペをしたということでしたので、念のため病院に照会をして、そのとおりだという回答を得ました。それで、身元判明という発表をした次第です」

「せやったんですね」

手落ちなく慎重に進められていた。

「安治川さんが来られるということは、何かあったんですかね？」

「いいえ、何かあったというほどのもんやないんです。実は——」

安治川は、簡単に経緯を説明した。

「そうでしたか」

「四天王寺署には、発見日に連絡しはったんですね」

「はい。住所がわかった段階ですぐにしました。行方不明者届が出されたばかりだということで、ファックスをしてもらい、身長や体重などの特徴を照合しました。そのあとで、届出人である虹彦さんに電話をして、来てもらいました」

「さすがやな。あんたなら、きちんとやっていると思うてたで」

安治川は、そのファックスをスマホで撮影させてもらった。

「たしかに、沢木杏里という若い女性のことは少し気になりますね。ガラス彫刻家ということで、女性の弟子がいてもおかしくはないと思っていたのですが、たいした活躍はしていないとなると」

「うちの新月巡査長もそのことを気にかけていて、再婚を狙っての殺人やないかという疑義を抱いたわけです。せやけど、事故死やったということなら、問題はあらへんです。奥さんが亡くなった虹彦はんが、このあと年の差再婚をしたとしても、それはまあ個人の自由ということになります」

「ええ、でも実は、私もちょっとだけ引っ掛かったことがあったんです。身元確認には何度も立ち会っていますが、配偶者となれば遺体を前にして感情を露《あら》わにすることが大半です。たとえ家庭内別居のような夫婦関係であっても、仲違《なかたが》いをしていても、連れ添ってきた年数の重みがあります。あっけなさ、せつなさ、寂しさ……人によってさまざまなのですが、こみ上げてくるものがあるわけです。ところが、虹彦さんはあまり表情を変えることなく、感情を出すこともありませんでした」

「それは、どない解釈したらええんやろか」

「前任署にいたときに扱った別の事件ですが、路上強盗の仕業《しわざ》に見せかけて妻を殺害していた夫が、被害者の遺体確認に来たところに立ち会ったことがありました。彼もまた無表情でした。妻が死んでいることを知っているどころかそれを作り出した張本人なんですから、驚きも何もありません。殺害したときに感情はピークになっているわけですから、あとはフラットの状態になるのだと思われます」

「虹彦はんもそういう印象やったんですね」

「あのときの夫ほどではありませんでしたが」

「同行した沢木杏里はどないでしたか？」

「彼女は、ハンカチで涙を拭《ぬぐ》っていました。お弟子さんとして、師匠の奥さんを慕っていたんだなとそのときは思いました」

「保険金のほうはかけられとったんですか？」

「調べましたが、死亡保険金はないようでした。あ、それから麓《ふもと》にある木材集積場に設《もう》けられた防犯カメラが、当日の朝に一人で登山道を歩いていく黄色いアノラックを着た橿原通代さんの姿を捉《とら》えていました。しだいに天候が悪くなったということと、あまり一般的な登山ルートでないということもあって、その後にも同じ道を歩いた者は、一人もおりませんでした。通代さんが単独で登ったということは間違いないと言えます」

「そうでしたか。いろいろと、おおきに」

　橿原虹彦のほうに、妻が死んでくれたらいいという思いはあったかもしれない。年上の古女房よりも、若い女性に惹かれる気持ちは、普遍的とも言える。けれども、死んでほしいといくら考えていても、それが内心に留まる限りは、犯罪ではない。

「滑落の現場を見ていかはりますか。簡単に行ける場所ではありませんが、きょうはまだ天候が穏やかです。登山に慣れた部下に案内させますが」

「いや、そこまでは」

　靴や防寒着も必要だし、これ以上の時間と負担を南河内署にかけるわけにはいかない。それに、現場検証に手落ちや判断ミスがあったとは思えない。事故死という結論は動かしがたいのだ。

「現場の写真などの資料も撮ってもらってかまいませんよ」

「そうさせてもらいます。それから、橿原虹彦はんたちが遺体確認のあと、携行遺品の受け取りにこの署を訪れたときの防犯カメラの画像はありますやろか」

「正面玄関に防犯カメラがありますから、映っているはずです」

「それも頼んます。わしのほうで責任を持って保管して、いずれ必ず消去します」

　同じ府警のメンバーとはいえ、安治川へのこういう開示や提供は、本来ならすべきではないことだ。浅野がその責任を問われたりしないように、安治川は厳密に管理しようと心に決めた。

安治川は、南河内署をあとにした。事故死であることは間違いない。南河内署の判断には文句のつけようがなかった。

ただ、まだ疑問点はないわけではない。腰が悪くて、外反母趾の手術も受けた五十一歳の女性が、どうして冬場の大阪最高峰の山に登ろうとしたのだろうか。しかもかなりの難コースにたった一人で……。

遺体写真からは、アノラックを着込んで軽アイゼンも履くなど、装備を怠っていた印象は受けない。

樫原通代が登山を嗜《たしな》んでいたのかどうかも、確かめておきたい。多様な経験のある山岳愛好者なら、外反母趾や腰の治療の間は動けなかったので、治癒《ちゆ》した解放感から近場の金剛山に登ろうとしたのかもしれない。だとすれば、その疑問は解ける。

樫原通代は、虹彦の弟子だという沢木杏里をどのように捉えていたのかも気になる。メジャーな芸術家なら、弟子志望者がいてもおかしくはないが、そうではないようだ。自分の夫に若い女が近づいているのを知ったなら、警戒するのが普通ではないのか。

きょうは一日休暇を取っている。まだまだ動ける。

大阪西部中央病院へ安治川は足を向けた。

当然のことながら、病院は患者に関する情報についてはガードが堅い。警察の人間であることを隠しての調査はまず不可能だ。安治川は、名刺を出したうえで、素直に事情を説明した。

「外反母趾の手術を受けて、冬場の登山が可能やったかどうか、担当の先生の御意見を聞きたいんです」

病院としては、術後のフォローや諸注意をきちんとしており過失はない、ということは説明しておきたいだろうと安治川は考えた。

短時間なら会ってもいいと、主治医の許しが出た。

「橿原通代さんは、軽度の部類に入りました。手術しなくても、保存療法でもいいと申し上げたのですが、橿原さん側からのご希望がありましたので」

診察室で応対した主治医は、電子カルテを見ながら説明した。

「橿原さん側というのは？」

「初診のときから付き添いでいつも来られていた御主人です」

「手術は、いつしはったんですか？」

「十一月の二十四日です。そのあと、うちの療法士によって可動域訓練をベッドの上で約一週間行なったあと、リハビリを二週間しました。リハビリは問題なくクリアできて、歩き方や履き物の講習も受けてもらいました。登山については、質問をなさった記憶はありません。登山の程度によりますが、もし訊かれていたら『完治はしているが、まずはハイキング程度に留めておかれたほうがいいですよ』とアドバイスしていたでしょう。冬場の登山というのはまだ早いです」

「手術はしたけれども、一人では歩行が大変やったのですか」

「いやいや、手術は問題なく終わりました。さっき言ったように外反母趾は軽度でした。ただ少し気になることもありましたので」

「それは？」

「専門外の者が言うのも何ですが、通代さんは初期の認知症の兆候があるように見受けられました。垣間《かいま》見える程度の予備軍的なものでしたが。うちの病院には対応できる脳神経系の科がないので、できれば他院で受診するように勧めておきました」

「腰が悪かったということは、あらしませんでしたか」

「腰痛についてはCT検査などをしましたが、重度のものではありませんでしたので、湿布薬を処方しました。加齢が原因と思われます。リハビリ中も、療法士からはとくに報告はなかったです」

2

安治川は、あまり得手《えて》ではないネット検索をした。良美は、橿原通代で二件のヒットがあったと言っていた。いずれも美術展への出品者として名前があったということだ。そこから何かアプローチができるかもしれなかった。

検索で出てきた入場無料の美術展の会場となった市民センターに赴《おもむ》いて、そこから主催者の女性を教えてもらい、訪ねることにした。

「通代さんとは、大阪美大で同期でしたのよ」

古関《こせき》あやかという名前も、和服姿の容姿も、演歌歌手のような感じの女性だった。地下鉄長堀橋《ながほりばし》駅の近くで和紙店の主人をしていた。

「美術展をしはったのは十五年前と七年前ということでしたけど、その後も通代はんと会うたりしてはりますか」

「いいえ、今は疎遠《そえん》にしています。十五年前は主任教授をしてくださった先生が亡くなられて、その追悼展として門下の同期生で行ないました。七年前は、その同期生の第二の卒業展のようなものでした。私や通代さんを含めて六人は、もうあの展覧会を最後に筆を置こうということで、開催したのです」

「画家として食うていくのは、大変なことなんですね」

「やっていけるのは、一握り、いえ一つまみでしょう。企業デザインのほうへ転身すれば別なので、そっちに方向転換した同期もいますが、私はこの店を継ぎましたので」

「橿原虹彦はんも、お知り合いですか？」

「はい。学生時代から知っています。虹彦君は年齢は私たちより一つ若いですが、学年は二つ下でした。お父さんが歯学部に入れたくて、大学浪人を一年したからです。大阪美大では、三回生がマンツーマンで新入生のガイダンスをするオリターという制度があります。幅広く人間関係を作ることも意図されているので、違う専攻の者がオリターになります。通代さんは、虹彦君のオリターだったんです。すごい縁ですよね」

「いつ結婚しはったんですか」

「通代さんが二十五歳のときでした。虹彦君は『まだ大学を卒業したばかりで、芸術の世界で一人前にやっていけるかどうかわからないから』ってなかなか煮え切らなかかったけど、通代さんのほうは『早く家庭を持ったほうが、社会的信用も責任感も出るわ。ぐずぐずしていては、いい芸術は生まれないのよ』と迫ったそうです。まあ相撲で言うところの寄り倒しが決まり手よね」

あやかは、おかしそうに笑った。

「通代はんのほうが熱心やったのですか？」

「虹彦君は最優秀賞を獲《と》るなど才能もあったし、育ちはいいし、家もお金持ちですしね。私は年下男は初めから射程外でしたけど、かなりの優良物件だったと思いますよ」

「虹彦はんのガラス彫刻家としての実績は、どないやったのですか」

「皮肉なことに、最優秀賞をもらってから伸びなかったのですよ。最優秀賞といってもあくまで新鋭部門の最優秀賞だから、それ一つだけでずっとやっていけるほど甘くないというところですよね」

「通代はんは不満やったんでしょうか」

「本音のところは、私にもわからないです。虹彦君の親からの援助があったので、経済的にはそれほど困らなかったでしょうけど」

「通代はんや虹彦はんは、弟子を取らはったこと、ありましたやろか」

あやかは軽くプッと吹き出した。

「失礼な言いかたになるけど、弟子を置けるほどの実力はないと思いますよ」

「アート教室の先生をしてはったようなことは？」

そこでなら、若い杏里と接点が持てたかもしれなかった。

「聞いたことないです。二人とも、教えるタイプではなかったと思います。先生をするって、指導力もトーク力も要《い》りますからね」

「通代はんは、登山を嗜んではりましたやろか」

「それはまったく聞いたことないですね。あまりスポーツや運動は得手ではなかったはずですよ」

「彼女は、どないな感じの絵を描いてはりましたか」

山水画のようなものなら、山に行くこともあったかもしれない。

「彼女は、水彩のアブストラクトです」

「アブストラクト？」

「抽象的な画です。強《し》いて言えばピカソみたいな、ピカソとはまた違いますけど」

「最近は、通代はんとはまったく交流はあらしませんのですか」

「ええ、展覧会以降は会っていません。年賀状のやりとりだけです」

「すんまへんけど、年賀状を見せてもろてもよろしいですか。でけたら、今年の分以外も」

「お待ちください」

　古関あやかは店の奥に入っていった。

　年賀状に近況報告が書かれてあれば、何かヒントになるかもしれない。

「六、七年前からのものしか残していなかったわ。あとは捨ててしまっていて」

　菓子箱二つを、古関あやかは持ってきてくれた。

　年ごとに小袋に入れてあったが、店関係の年賀状が多くを占めていたので安治川も手伝って探し出していった。

　近況報告のようなものは、いずれの年にも書かれていなかった。裏面は水彩画ではなく、ごく普通のパソコンソフトに付いているデザインで、いずれも虹彦との連名になっていた。そして、二年前から宛名も手書きではなく、パソコンでプリントアウトされたものになっていた。

「手書きの宛名は、通代はんの字ですやろか」

「たぶん、そうだと思います」

「あと、もう一つすんまへんけど、展覧会をしはった他の同期生の連絡先を教えてもらえますやろか」

「ええ」

　あやかはスマホを取り出して、他の同期生四人の番号を教えてくれた。

「虹彦はんについて、よう知ってはるかたはこの四人の中にいやはりませんやろか」

「学年と専攻が違っていて、異性だったので、私と同じ程度だと思いますけど」

「同期生でのうても、もちろんかましません」

「虹彦君には、仲のいい同学年の男の子がいて、よくいっしょにいましたね。柳森《やなぎもり》二郎《じろう》君というんです。学生時代はよく顔を合わせましたけれど、卒業してからは会っていなくて、連絡先もわかりませんね」

「通代はんの御家族は？」

「彼女は、島根《しまね》県から大阪美大に進学してきました。両親とお姉さんの四人家族だと聞いたことがあります」

「その実家の住所や電話番号はわかりませんやろか」

「学生時代に、帰省先を教えてもらっていましたね。探せば出てくると思うけど、すぐには無理です」

「お手数ですけど、調べてくれはりませんか。それから、通代はんの写真をお持ちやないですやろか」

「写真に入るのがあまり好きではない人だったから、あったかしら。あ、でも、恩師の追悼展のときにみんなで撮ったのは……それも探してみないとわからないけど」

「お願いでけますか」

安治川は自分のスマホの番号とアドレスを教えた。

3

古関あやかに教えてもらった同期生四人に、安治川は電話をかけた。大半が古関あやかと同程度もしくはそれ以下の情報しかなかったが、一人だけ展覧会以後に電話で三回話したという女性がいた。そのうちの一回は、約半年前と比較的最近のものであった。通代はその中で「最近物忘れをよくするようになって、不安になっている」と話したという。主治医は、認知症の可能性を示唆《しさ》したが、通代自身も懸念《けねん》していたのかもしれない。

同期生たちとの電話を終えた安治川のスマホが受信を告げた。南河内署の浅野からだった。

「さいぜんは、すまなんだ」

「いえ、安治川さんからの情報提供があったので、念のために補充捜査をしておくことにしました。遺体は、夫である虹彦さんが直葬《ちょくそう》を希望しておられます。もう二十四時間以上が経過していますから、本日中に死亡を確認した病院から葬儀場に送ることになっています。そうなったら、御遺体は骨になってしまいますからね」

直葬というのは、葬儀を執《と》り行なわずに病院などから直接に火葬場に遺体を送るやりかただ。通夜や葬儀をしないという家庭も増えてきていて、直葬も珍しいものではなくなってきている。

ただし、埋葬に関する法律によって感染症を除いて、死亡してから二十四時間経過しないと火葬はできない。これは、蘇生《そせい》をすることが絶対にないとは言い切れないからだとされている。

橿原通代の場合は、さきおとといの夕方に医師によって死亡は確認されているので、きょう直葬されても問題はない。

「収容された病院に、たまたま法医監察の経験がある先生がおられましたので、今のうちにとお願いして、御遺体を見分していただきました。死因が脳挫傷であることは間違いなく、他に殴打などの外的要素が加わった形跡は全身のどこにも見られなかったということです。挫傷部位は頭蓋骨が最も薄いとされる側頭部が中心でした。頭蓋骨の陥没程度から、たとえ同行者がいてすぐに助けを求めていても、救命される可能性は半分半分だったのではないか、という見解です」

「そうでしたか」

「強い脳震盪《のうしんとう》を起こしてすぐに意識をなくしたと思われます。通代さんの携帯はアノラックのポケットに入っていましたが、使われていません。自分で助けを求めることもできなかったということです」

「えらい面倒かけましたな」

「いえ。もしも自分が安治川さんなら、同じような疑問は抱いたと思います。それに、念には念を入れるのが担当した署の当然の責務だと思っています。どうか気になさらないでください。ただ、滑落事故死という結論は、さらに盤石《ばんじゃく》なものとなりました」

「わかりました」

安治川は、吐息とともにスマホをしまった。

事故死案件ということなら、警察はもはや捜査することはできない。消息対応室も同じだ。いや、そもそも消息対応室には調べる権限がない案件だ。

気が抜けていく思いがした。それと同時に空腹を覚えた。

腕時計を見ると、もう午後一時を回っていた。とりあえず、どこかでランチをして小休止だ。

ここ中央区はビジネス街が多くて、昼食難民エリアである。正午近くの時刻になると、ビルから走り出て飲食店に駆け込んだり、行列に並ぶサラリーマンやOLを見かける。店頭で弁当を売る店やワゴン販売もよく見受けられる。

午後一時が過ぎると、その潮は引いていく。

安治川は串カツが食べたくなって、店を探しながら、良美に〝連絡してほしい〟とメールを送った。芝が部屋にいたなら、電話でのやりとりはしにくいだろう。

串カツ屋は他の地方にもあるが、安治川の経験では東京では豚肉と白ネギを切ったものを交互に刺して揚げたものが串カツであった。愛知では八丁味噌《はっちょうみそ》の煮汁に串カツを浸けたものを食べたことがあった。

大阪では、一つの串に肉なら肉、椎茸《しいたけ》なら椎茸と、一種類ずつを刺して揚げていくのが一般的だ。肉はたいてい牛肉で、青ネギが主流の土地だけに、あまり白ネギは使われない。麺類でも、関東とは違って青ネギが使われる。

暖簾《のれん》をくぐろうとしたときに、良美から電話があった。安治川は店の脇に移動する。

「今、かまへんのか？」

「はい。トイレに行くふりをして外へ出ましたから。庁舎のトイレを借りなくてはいけないことに、きょうだけは感謝です」

「報告をしておこと思うてな」

ここまでのことをざっと話す。良美の仕事中に割り込んでまで途中経過を話すほどの急ぎでもないのだ。安治川の心の中に、落ち込んだ心を良美に共感してもらい、ねぎらってほしいという気持ちがあることは否めない。齢《よわい》六十を超えても、いや何歳になっても、人間は完成しない。

「事故死ということは、揺るがないのでしょうか」

良美の声もどこか低い。

「南河内署の捜査は完璧や。滑落の現場は、浅いとはいえ雪が積もっていて、足跡などの痕跡が残っている。他の人が居合わせたり、ましてや襲ってきたという形跡は何もあらへんのや。単独行やったという登り口での映像も出てきた。しかも監察医経験のある医師が、念のため見分してくれている。死因は脳挫傷で間違いなかった。打ち所の悪かった不運な滑落死と判断するしかないんや」

「どこかから死体を運んできたということもありえないのですね」

「それは絶対ありえへん。現場写真を見たけど、岩にもその周辺にも出血が見られた」

　白い雪に赤い血のコントラストは鮮やかであった。

「何か意表を突いて滑落させる方法はないでしょうか。たとえば、飛び道具を使って襲いかかったとしたら……」

「飛び道具？」

「たとえば小型のドローンです。あれなら、足跡はつきません。目の前にふいに現われて、顔面を襲ってきたとしたら、のけぞってしまいますよね。それで体勢を崩して、滑落をしてしまったという仮説は、奇想天外でしょうか」

「足を滑らせるということはあるかもしれへんけど、そないうまいこと岩に側頭部をぶつける可能性は低いで。低いというよりゼロに近い。それに他に人のおらん静かな山で、ドローンの音がしたら先に気がつくやろ」

「それじゃあ、待ち伏せていて、いきなり飛びかかって突き落とすというのもダメでしょうか。以前にテレビで、キタキツネの生態を撮影するカメラマンが、雪山に溶け込めるように白い布で全身を包んで木の陰に控えているというシーンを見たことがあります。そういったもので身を隠して待機していたとしたなら」

「発想のおもしろさは買うけど、通代はんがあのルートを通るっていうことを事前に知っておらんとできひん芸当やし、襲いかかったときの足跡は残ってしまう。それにかなり幅の狭い山道やった」

「では、上のほうから、雪だるまを落としたらどうでしょうか。雪なら痕跡は残りませんよね。いえ、雪つぶてでもいいかもしれません」

「それかて、滑落をさせることができても、そんなうまいこと岩に頭を激突する可能性はゼロに近いことは変わりあらへんで。登山ルートを事前にわかってなあかんという問題点も同じく残る」

「ああ、そうですね」

「現場の写真をスマホに収めさせてもろうたから、あとで見てくれ」

「いろいろ思いつきを言うてしもて、かんにんです」

「それは、かまへん。現場や遺体状況には一点の曇りもないんやけど、わしにはまだ腑《ふ》に落ちひんことがある。通代はんと登山が結びつかへんのや」

古関あやかをはじめ、展覧会をした同期メンバーに訊いても、通代が登山やトレッキングの趣味を持っていたということは誰も知らなかった。むしろ通代はインドア派で、ときどき美術館や博物館に出かけるくらいの程度の物静かな女性だったということなのだ。

「初期の認知症の傾向が垣間見えたという話も気になる。午後からは、虹彦はんのことを調べてみよと思うてる」

良美に話すことで、整理ができた効果はあった。

「虹彦さんが怪しいのですか」

「まだそれは何とも言えへん。ただもし通代はんが他殺やったと仮定してみて、その動機はどこにあるんやろか。現金が数万円財布に入ったままやったさかいに、物盗りの線はあらへん。人から恨まれるような性格でもなさそうや。妬《ねた》まれるような実績や地位も、失礼ながらあらへん。生命保険もかかってへん。そうしたら、残るのは虹彦はんが死別によって再婚でけるということだけや。虹彦はんには、沢木杏里という若い女性が周辺に居る」

「虹彦さんが持っている家は、資産価値がありますからね。杏里ちゃんに会ってみたいですけど、ダメですか」

「それはあかんよ」

「うちに対する気遣いはありがたいんですけど」

「それだけやない。もし何か隠された事情があるとしたら、こっちが動いていることを気づかれたらあかん。うまいことといったと思うている人間は、ボロを出すことがある。警戒されてしもたなら、それは期待でけへん」

「戦略上の理由ということですね。わかりました。うちにでけることがあったら、言うてくださいね」

電話を終えて、暖簾をくぐって店内に入る。カウンターだけの狭い店で、夫婦らしき二人で切り盛りしている。午後一時を過ぎているが、止まり木の椅子は七割以上埋まっている。内装は古いが、換気扇周りはきれいだ。安治川の経験では、この手の店は安くて美味《うま》い。

特製ソースは、四角いステンレス容器に入れられてカウンターに置かれている。こういうときは、他の客と共用だ。食べさしの串を入れるのは衛生面からよくないので、〝二度づけ禁止〟がルールになっている。

ソースの横には、やはりステンレスの容器に、名刺サイズに切られたキャベツが置かれてある。串カツの付け合わせとしてタダで提供されているのだ。安治川は適当に注文したあと、キャベツでソースを掬って、皿に運んだ。こうしておけば、かじった串カツをもう一度ソースに浸したくなったときに、キャベツの中のソースを使えば、他の客の迷惑にならないのだ。安治川の動作を見て、店主はニヤリと笑った。串カツを揚げながらも、しっかりと客を観察しているのだ。

隣の客が「勘定を」と言った。店主は「あいよ」と言いながら、即座に串の本数を勘定した。中には、串を床に落として本数を誤魔化《ごまか》そうとする輩《やから》がいるのだが、仕草や目線を見ていたら、そういう客かどうかはすぐにわかるそうだ。

長年の経験に裏打ちされた観察眼というのは、どの分野にもある。防犯ビデオや通話履歴《りれき》など、デジタル捜査が幅をきかせているが、アナログな直感も軽視してはいけないと安治川は思う。そしてデジタルや数式では割り切れないものがあるのも確かだ。罪を犯すのも人間だし、容疑者を追い詰めていくのも人間なのだ。

(単なる滑落死やない何かがあるかもしれへん)

安治川の勘は、そう示していた。

良美は、沢木杏里と櫃原虹彦の関係性を気にしていた。待っていた杏里に「お待たせしたね」とかけた言葉と笑顔から、虹彦が恋愛もしくはそれに近い感情を抱いているかもしれないと良美は感じた。杏里はそんな虹彦から少し離れて、すぐに署を立ち去っていった。急ぎながらも杏里は、良美が署の人間ではないことを改めて確認した。良美は、そこにも何か違和感を得ていた。

良美のその感触も、アナログな直感と言えた。

美味《おい》しい串カツでエネルギーを得た安治川は、虹彦のことを調べにかかった。

出身校が大阪美大ということがわかっているのは、ありがたかった。安治川は、大学に足を向けることにした。

通代の指導教授は、追悼展をしたということだからもう亡くなっていたが、虹彦のほうはまだ健在かもしれなかった。

だが、その期待はかなわなかった。虹彦の指導教授も三年前に他界しているという事務局の回答であった。

残る糸口は、古関あやかが言っていた柳森二郎という同学年の男子学生であった。個人情報なので、と連絡先を教えることを大学の事務局員は渋ったが、安治川は粘って事務局から柳森に電話をかけてもらい、何とか彼の同意を得て会えることになった。

4

柳森は、定時制高校で美術教師をしているということで、出勤前の時間帯なら会ってもいいということだった。

「安治川さんですか？　お待たせしました」

柳森は、待ち合わせ場所として、なんばパークスのガーデンを希望してきた。通勤に南海《なんかい》電車を使っているので、そこだとアクセスがいいということであった。

かつてパ・リーグの老舗《しにせ》球団であった南海ホークスが本拠地としてきた大阪球場は一九九八年に解体され、その跡地に複合商業施設としてなんばパークスが建設された。三階から九階までは庭園が作られていて、都心にあって貴重な緑を提供してくれている。きょうはこの季節にしては暖かくて、屋外で待っていてもさして苦にはならなかった。

「お時間を取ってもろうて、すんまへん」

「いえいえ」

二人は、ガーデンの中に置かれているベンチに座った。

「さっそくですけど、橿原虹彦さんとは今も交流がおありなんですか?」

「なくはないですが、学生時代から二十代までの濃さに比べると、全然です」

「どのくらいのペースで会うてはりますか」

こうして柳森と会うことは、ある意味では賭けであった。

警察の人間であることを明かさなければ、大学事務局員に連絡を取ってもらうことはできない。柳森にもそれは伝わる。

けれどもそうすると、柳森から橿原虹彦にも伝わりかねない。そうなったら、橿原に警戒されないようにとしている一線が、そこで崩れてしまう。

だから、指導教授に会おうとしたのだが、それは叶《かな》わなかった。そこで手をこまねいていたなら、探れないままだ。

芝たち管理職は府警本部に呼ばれて、土佐堀署の捜査員が反社会的組織に取り込まれてしまった件で、綱紀粛正を訓示されていた。だが、捜査員が有益な情報を取ろうとすれば、ある程度は接近しなくては得られないのだ。そういう矛盾《むじゅん》を、第一線の警察官たちは恒常的に抱えている。

「今では、年に一回あるかどうかですね」

柳森が本当のことを言っているかどうかもわからない。利害関係が一致すれば、人は嘘をつく。

「お二人は同じ彫刻学科やったのですね」

安治川は、こういうときに「橿原はんには内密してくれやす」とは言わない。もし柳森が同じ船に乗っているのならすぐに連絡されるし、もしそうでないときは付言《ふげん》することでむしろ伝わってしまいかねない。「ヒミツにしてほしい」と言われたら、かえって話したくなるのが人間心理だ。

「ええ、僕は人物彫像が専門です。好きな道で飯が食えるのなら最高の人生だ、と夢見て進学したのですが、甘くはなかったです。虹彦も同じだったと思います」

「彼は、最優秀賞をもろうてはるんですね」

「ええ。虹彦は卒業した年に、日本芸術興隆協会が主催したコンクールで新鋭部門最優秀賞になりました。たしかに優れた先鋭的作品で、シンデレラのガラスの靴が宙に浮いているように見えました。そういう受賞があっただけに、よけいに離れづらかったんだと思います。その賞だけで一生が保証されるものではないんですが、栄光は栄光ですからね。僕は二十七歳で見切りをつけて、教員になりました。それでも、コンクールへの出品は三十三歳まで続けました。虹彦は、そのあとも専業で作品を創っていました。歯科医の一人息子である彼は、親に援助してもらうことができました。今でも親の貯金で収入不足を補塡《ほてん》しているのだと思いますよ。結婚披露宴の引き出物として、グラスにカップルのネームを入れるような仕事はしているようですが、報酬単価は高くないと思います」

「虹彦はんは、若くして結婚してはったのですね」

「ええ。二学年先輩の画学科の女性とです。それで、いったい何があったんですか?」

電話をかけたときも、柳森は同じ質問をしてきた。安治川は「お会いしてから」とかわしたが、その質問は当然のことであった。

「妻の通代はんについての行方不明者届が、虹彦はんから出されましたんで、調べてみることになったんですよ」

安治川はそう説明しながら、柳森の反応を窺《うかが》った。

「奥さんが行方不明になったのですか」

柳森はそう返してきた。

金剛山で女性が転落死したことについての新聞記事はかなりのスペースであったが、身元が判明した報道のほうは事故死ということもあり、小さいものだった。多忙な人間なら、目に留めていないこともある。

「届が出されましたさかいに、下調べのようなことをしている次第です。それで、夫婦仲はどのようなものやったのですやろか」

「いや、実際のところはよく知りません。さっきも言ったように、学生時代に比べてずいぶん疎遠になりましたから。ただ、愚痴のようなことは、酒を飲んだときに聞いたことがありますね」

「愚痴ですか」

「私のところも、もう結婚して二十年を過ぎましたが、女房とは腐れ縁のようなものです。あばたも笑窪《えくぼ》と言いますが、今では笑窪もあばたです。ただ私のところは子供が二人いるんで、かすがいになってくれています。虹彦のところは、子供が居ないからそうもいかないんだと思います」

「通代はんには、登山の趣味はありましたやろか？」

「それはないと思います。通代先輩は、博物館や美術館が好きでした。新婚当時の虹彦は、よくつき合わされていました」

「虹彦はんのほうは、登山の心得は？」

「登山など無縁の学生時代でした。そのあとも聞いたことないです」

「旅行の趣味は、どないですか」

「虹彦はあまり旅行が好きじゃなくって、卒業旅行も不参加でした。彼らは新婚旅行もしていないんですよ。虹彦の親は、一生に一回のことだから費用を出してあげると言ってくれていたのに、もったいないことですよ」

　柳森の虹彦に対する記憶は、若い頃のことが多いようだ。

「橿原夫婦のなれそめは、御存知ですか」

「通代先輩は、オリターと呼ばれる指導役だったんですよ。虹彦は歯学部進学を期待されていて、中高一貫の男子校に通っていました。そのあと一浪していたときもまったく女性に縁がなくて、言ってみれば免疫《めんえき》ゼロでした。入学後も制作に打ち込んでいたので、学内の女子としか接点はありませんでした。私と違って、虹彦は良家のお坊ちゃんで、女子から見て人気があったと思います。でも、彼は身長が低いのをコンプレックスに思っていて、女性に積極的にアタックするようなことはなかったです」

このあたりは、古関あやかの話とほぼ一致していた。

「奥さんのほうの健康状態について、何か聞いてはりませんか？」

「そういう話は聞いたことがありません。どんどん女性らしさがなくなって、すっかりオバサンになったという愚痴は言っていましたが」

「ざっくばらんにお訊きしますけど、虹彦はんの周りに若い女性の存在はあらしませんやろか」

「あ、ああ」

柳森の目が揺れた。話していいのかどうか、迷っている様子だった。

「もしかして、この女性やないですか」

南河内署へ遺品受け取りに訪れた虹彦と杏里の様子を捉えた署の玄関先防犯カメラの画像を安治川は差し出した。虹彦と杏里は適度に距離を保っていて、画像からは親密度はわからない。

「警察は凄《すご》いですね。実は一度だけ紹介されて会ったことがあります。虹彦は私に自慢したかったんだと思いますよ」

「経緯を話してもらえませんやろか」

「虹彦のところへ、弟子になりたいと訪ねてきたということでした」

「奥さんの弟子やのうて、虹彦はんの弟子ですね？」

安治川は念のために訊いた。

「奥さんは、もう引退したも同然ですよ」

古関あやかも似たようなことを言っていた。

「弟子になりたいと、いきなりの訪問やったのですか」

「最優秀賞の受賞者ということをサイトで知って、載っていた作品写真を見て感動したので、訪問したということでした」

「いつ頃のことですか」

「紹介されたのが四ヵ月ほど前でした。その少し前ということです」

「せやけど、最優秀賞なんてずいぶん以前のことやないですか」

たしかにサイトには、歴代受賞者の名前と作品写真は出ている。けれども、四十人ほどいる中の一人に過ぎない。

「ええ、でも、芸術の世界は明確な基準があるものではなく、千差万別の嗜好《しこう》があります。ゴッホのように亡くなってから評価が出て、世界的名声を得ることもあります。そこまでいかなくても、長い雌伏《しふく》のあと中年になってから脚光を浴びて急に売れ出すということも皆無《かいむ》ではないのです。この私だってそんな僥倖《ぎょうこう》を胸に、忙しい教職にありながらいまだに作品を創っています。さすがにコンクールには応募しませんが」

芸術のことは安治川にはよくわからない。

「それで、弟子にしはったのですね」

「そりゃあ、嬉しいでしょう。あんな若くて可愛い女性がリスペクトしてきたなら」

「けど、通代はんに反対されることはなかったんですやろか」

「弟子イコール不倫ではないですよ。それに、あいつの家は広いけれども、さすがに家の中でどうこうはなかったでしょう」

「紹介されて彼女とお会いしはったときのこと、もうちょっと詳しゅう教えてもらえますか」

「初めから、紹介すると言われていたんではなかったのですよ。久しぶりに虹彦から電話があって『御無沙汰しているが元気かい？　新しい自信作ができたんで、品評してほしい』ってことだったんです。若い頃は、お互いに品評し合うってこともしていたんですけど、いつの間にかそんなこともまったくしなくなって、よほどいい新作なんだろうと思って、きょうと同じように出勤前にカフェで会うことにしたんですよ。そしたら、虹彦が弟子になったという女の子を連れてきていて、紹介されました。虹彦は新しい作品も持ってきてはいたけど、どうということない平凡なものでした。その夜遅くに電話があって『おれの自信作というのは、あの女の子なんだ。若くて可愛いだろ』と言ってきました。サプライズでの自慢目的だということは会ったときにわかりましたけど、わざわざダメ押しの電話までしてきたんですよ」

柳森は、腹立ちを含んだ声でそう言った。

「女の子のほうは、どないな対応やったんですか」

「あの娘も、私が来るとは思っていなかったようです。意外そうな顔をしましたし、あまり歓迎はしていなかった印象を受けました」

「率直なところを聞かせてもらえますか。もちろん、個人的な感触でかましません。彼女は、ほんまに弟子になりたいという志望者に見えましたか?」

「いや、少し話はしてみましたが、芸大や美大は卒業しておらず、たいした専門知識もありませんでした」

「では、恋愛感情は?」

「虹彦のほうにはあると思います」

「そしたら、財産目的で再婚を、という可能性はあると思わはりますか」

「まあ、それはありえると思いますよ。そこまでいかなくても、虹彦から金銭的支援を受けようとしたのかもしれません……逆に訊きますが、奥さんの行方不明者届が出ていて、こうして警察が出てくるということは、そうだからじゃないんですか？」

「もちろん、まだ可能性の段階でしかあらしません。けど、もし犯罪絡みなら見過ごすことはでけへんと思います。初めは小さな疑義であっても、調べてみたらワイドショーの好餌《こうじ》となるような世間を騒がす大きな事件になることかて、しばしばありますのや」

安治川なりの釘刺しを試みておいた。

教職者や公務員は、巷間《こうかん》の話題ネタに絡んでしまうことを嫌がる傾向がある。良からぬ噂を立てられると、たとえ根も葉もないものであってもマイナス評価となることも多い。関わりになることは避けようという本能が働くから、きょうのことを柳森は、誰にも言わず、虹彦にも連絡しないように思えた。現在は、それほど親しくはしていないという彼の言葉を信じれば……。

もし彼がそうしなかったなら、そのときはそれでしかたがない。出たとこ勝負で、臨機応変に対応していくしかない。

職場に向かう柳森と別れたあと、安治川は缶コーヒーで一息入れながら、整理をした。

今回の発端は、新月良美がかつて少年係時代に関わった沢木杏里を四天王寺署で見かけたことから始まった。見かけたのは偶然のことではあったが、杏里が四天王寺署に来たのは偶然ではなく、彼女の意思だ。

杏里は、四天王寺署の一階で虹彦が行方不明者届を出し終えるのを待っていた。二階の生活安全課まで付いて行くと、二人の関係を詮索《せんさく》されかねない。しかし、虹彦に警察署に行ってこいと言うだけでは神輿《みこし》を上げないかもしれないから、付き添ってきた――そこを良美に出くわすことになったと思われる。

杏里は、自分のことをよく知っている良美が四天王寺署の人間なのかを気にしつつ、早く切り上げたがっているような印象があったということだった。

(杏里は、虹彦に行方不明者届を出させようとした)

少なくとも、そのことは言える。

行方不明者届を出せば、警察が何らかの関与を持ってくる。そのことをわかって、杏里は行動したはずだ。

（どう捉えたらええんや）

もし仮に、通代は他殺の可能性ありと南河内署が判断していたなら、杏里と虹彦は捜査対象になっていた。通代がいなくなれば再婚ができるという動機があるからだ。南河内署が事故死に疑いなしという判断をするということまでは、予測しきれなかったはずだ。

（そんな状況下で、行方不明者届を出すメリットはどこにあるんや？）

安治川は、自問自答した。

まず第一に、届を出すことで、真剣に探しているという姿勢を示せる。殺人をしていたならわざわざ届出はしない、というアピールになる。けれども、それがカムフラージュということを見破れないほど、警察の眼力は低くない。

第二に、自発的蒸発だということを先入観として与えることが期待できるかもしれない。たとえば、遺書のような書き置きを残して失踪して死体が見つかって、自他殺どちらとも判別できないときは、書き置きを行方不明者届とともに提出しておくことで自殺に結論が傾くことはあるだろう。けれども、今回はそういった書き置きはなかった。家族が自発的蒸発だといくら言っても、それを鵜呑《うの》みにするほど警察は甘くはない。

第三は、動機の隠蔽《いんぺい》だ。居なくなってくれればいいと本心で思っていても、行方不明者届を出せば、安否を心配して、無事に帰ってきてくれることを願っているという外形は作れる。今回も、もし良美が杏里を見かけなければ、夫の虹彦がいなくなった妻の行方を案じているというジェスチャーはできる。しかし、これもそう隠し通せるものではない。

こうしてみると、行方不明者届を出すことに、さほどのメリットはないように思える。

安治川は立ち上がって、空き缶を捨てられるゴミ箱を探した。

スマホが受信を告げた。良美からだった。

「安治川さん、かんにんです」

「いや、今やったら電話オッケーやで」

「そのことやないんです。気になったんで、生活安全課に立ち寄って確認してきました。少し前に虹彦さんが行方不明者届を取り下げに来たそうです。杏里ちゃんが付き添いで来ていたかどうかはわかりません」

「さっそくの取り下げか」

「それで、その話をしているときに、タイミング悪いことに生活安全課長さんが聞きつけて、『事情を説明しろ』と言うてきはったんです。そして、『出しゃばり過ぎだ』とお小言を頂戴してしまって……」

他の職業に比べて、警察官同士の縄張り意識はかなり強いと安治川は思う。自分の縄張りだと意識するからこそ、責任感と使命感を持ち、勤務時間を忘れるくらいに熱心に取り組めるという利点もある。だが、それゆえに野生動物さながらの鍔《つば》ぜり合いをしてしまう欠点もある。

「生活安全課長さんは、芝室長に釈明に来てもらわないとうちを帰さへんとおかんむりでして、結局室長にバレてしまいました」

良美は、最後は消え入りそうな声になった。

「せやったんか。今から、消息対応室に戻るわな」

「ほんま、かんにんです」

5

「安治川さん、嘘はいけませんな」

芝は、休暇願をヒラヒラさせた。

「えらい、すんまへん」

姪《めい》っ子の名保子《なおこ》が風邪で寝込んでしまい、幼い子供にうつしてはいけないということで、預かることにしたという理由にしたのだ。

「うちが、安治川さんに無理言うてしもうたんです」

良美は肩をすくめて、芝にも安治川にも頭を下げた。

「それで、安治川さんのほうは何か収穫はあったのですか?」

「いいえ、たいしたことは……事故死という南河内署の判断は正しいと思うとります。ただ、ここへ帰ってくる途中で、古関あやかという友人から連絡が入って、通代はんの実家の連絡先がわかりました。それで電話をしてみました」

電話口には姉が出てきた。すでに両親は病気で他界して、姉夫婦が実家に住んでいるということだった。姉もその夫も、通代が亡くなったことを知らなかった。虹彦からは何の連絡もなかったということだった。身元判明の記事は大きくはなかったし、島根県では報じられていなかったかもしれない。ネットニュースも見過ごすことはよくある。姉は「通代とはかなり疎遠にしています。虹彦さんともすっかり御無沙汰していますす」とは言いつつ、「亡くなったことを知らされないほどの不義理はしていないし、喧嘩もしていません」とやや不機嫌そうに話した。

通代の姉との通話は短く終わった。

「葬儀をせえへん直葬は増えてはいます。せやけど、いくら直葬でも、兄弟姉妹など親族には知らせるのが普通やないですか」

「それはそうだ。だが世間体《せけんてい》は取り繕《つくろ》っていても、本当のところは仲違いをしていて、連絡もしないという親族関係もないことはない」

芝は腕を組んだ。

「あのう、うちなりに考えてみたんですけど、言うてもええですか」

良美が重い空気に耐えかねたように口を開いた。

芝は黙ってうなずいた。

「ドローンで通代さんを襲うのは無理でも、何か別の方法がないかと考えてみました。陳腐《ちんぷ》ですが、一つやりかたがあるのではないかと思いました」

「どんなやりかたや？」

黙ったままの芝に代わるかのように、安治川が訊いた。

「通代さんの意識をなくしてしまったらどうでしょうか。たとえば、睡眠薬や毒物を飲ませて抵抗不能にして、岩に頭をぶつけて殺害するという方法です。夫の虹彦さんなら飲ませることはできたと思うのです」

「けど、麓にある木材集積場の防犯カメラの映像には、通代はん一人が映っていた」

「別のルートから向かうことはでけるのやないですか。そして合流して、けさは寒いからと温かい飲み物を勧めて、眠らせたなら」

「滑落の痕跡はどないするんや」

「雪なんやから、工作は不可能ではないと思います。二人ついた足跡の一人分は、上から雪をかけて消してしまうのです。そして、自分が滑ることで、さも通代さんが墜落したように見せかけることはできませんか」

「現場の写真を見せてもろうただけで、実際に足は運んでへんけど、よほどうまいことやらんと工作はでけそうにないで。それに虹彦はんには、登山の経験はなさそうや」

　柳森の話によると、虹彦も登山とは結びつきそうにない。

「でも、何か隠された方法があったかもしれないです。だから、早く遺体を処分したくて、直葬にしたのやないですか」

「南河内署の浅野刑事課長から、法医監察の経験のある医師に、念のための遺体見分をしてもろったと聞いた。解剖《かいぼう》ほど詳しいもんやないやろけど」

「その医師のかたに照会してもらえませんか。毒物や睡眠薬が使用された形跡がなかったかどうか……」

「わかった。浅野課長に連絡して頼んでみよう」

安治川は、スマホを取り出した。

「待ってください、安治川さん。室長である私から医師に要請することにします。あなたの個人的な繋がりを使い続けるのはよくないです。その浅野という人にも迷惑がかかりかねません」

芝は立ち上がった。

「新月君。その代わりと言ってはなんだが、そういう形跡がなかったという場合は、もうこの案件から完全に手を引くと約束してくれないか。生活安全課長の憤りも、私には理解できる。そもそも、われわれのヤマではないんだ」

「けど、お言葉を返すわけではありませんけど、疑問点があったら調べるのは警察官として必要な姿勢やと、うちは警察学校で習いました」

「それは否定しない。しかし、警察官の誰もが、何でもかんでも調べたなら、市民の人権はどうなるんだ? 警察官が権限を乱用しないように、管轄や担当があるんだ。超えてしまうわけにはいかない」

芝は、南河内署の浅野に連絡を取って了解を得たうえで、通代の遺体が収容されていた病院の医師と電話で話した。

「さすが法医監察の経験のある医師だけに、丁寧《ていねい》な仕事ぶりだ。橿原通代さんの遺体の血液を化学分析に回しておられる。成分からは、毒性のあるものや睡眠薬の類《たぐい》は出なかったということだ。おおよその死亡推定時刻も、死後硬直と直腸内温度から算定してくださっている。当日の午前十時から午前十一時くらいまでと見ていいということだ」

芝は、良美のほうを向いた。

「新月君が、かつて補導した沢木杏里という女性を見かけたのは、何時頃だった？」

「えっと、午後二時半過ぎでした」

「通代さんが亡くなった当日だったよね」

「はい」

「安治川さん。現場から四天王寺署までどのくらいかかりますかね」

「車を使ったとして金剛山の麓からここまで約一時間くらいですけど、転落現場までは徒歩やさかい、さらに一時間ほど要しそうです」

「車があったとして約二時間か。車がなかったらもっとかかる。アリバイという点でどうなんだろう。登山用の服から着替える時間も必要だ。安治川さん、橿原虹彦の住所はわかりますか」

「ええ」

「新月君、その沢木杏里という女性の生年月日は知っていますか」

「難波署少年係に記録が残っています」

「じゃあ、調べてください」

そのうえで、芝は交通部に照会をした。橿原虹彦も沢木杏里も、運転免許を持っていないことがわかった。

「電車やバスを使えば時間がかかる。かりに間に合ったとしても、午前中に殺害をしたとして、そのあと虹彦さんは警察署にやってきて冷静に届出ができるものだろうか」

芝はそう提起した。

安治川も、自問自答で行方不明者届を出すメリットを三つ考えたが、どれもそれほど大きいものには思えなかった。

「南河内署が、それも安治川さんが信頼する刑事課長が、充分な捜査をして事故死と結論づけている。医師の見解もそれと矛盾しない。新月君、もういいんじゃないか。

われわれの本来の仕事に戻ろう」

「はい……お手数かけて、申し訳なかったです」

　良美は、小さく顎《あご》を引いた。


　帰宅した安治川は、芝から電話を受けた。

「安治川さん、一つ言い忘れていました。明日でかまわないので、休暇願の理由欄を書き直して提出してくださいな。もっと曖昧《あいまい》な〝所用のため〟といった表現でいいと思います」

「そうですね。すんまへん」

「それと、あれでよかったですかね。新月君の気持ちはわかりますし、私自身も正直なところモヤモヤはあります。でも、私までもが背中を押してしまって、行き過ぎた結果になってしまったなら、若い彼女の将来に傷が付いてしまいます。自分の個人的感覚から職務外行為に走ってしまった――と監察官から指摘されて処分を受けるようなことはさせたくありません」

「それは、ようわかります」

　だから安治川は休暇を取って一人で動いてみたのだ。

「もちろん、消息対応室が発足してから九ヵ月間、これまで地道に頑張って積み上げてきた実績もフイにしたくもないです。全国で毎年約九万から十万人という行方不明案件の中には、事件性のあるものが埋もれてしまっている可能性は低くないのです。それをチェックするセクションは絶対に必要なんです。全都道府県の中で最も行方不明者数が多い大阪で、消息対応室が先駆的に創設された意義は大きいと思っています」

芝はいつもより丁寧な口調でそう言った。

「わしかて、同じ思いです」

「しかし、府警本部が神経質になっているこの時期だけに、勝手なことはできません」

「ええ。ほんまのところは、あと一日休みをもろうて、もう少し調べたいです。とくに通代はんの人物像がまだ摑めしません。登山と結びつかへんのです……けど、そうやって動くことで、再雇用のわしはかましませんけど、お二人を巻き込んだらあかんと思うとります」

「もう一度訊きますが、あれでよかったのですね」

「ええ」

しばらく静観するのも一つの方法だと安治川は考えている。たとえば、虹彦は杏里と再婚するだろうか。良美の推理では、杏里は財産目的だから、そうなる。

たしかに真法院町であの大きさの土地は魅力だ。だが、今の虹彦には稼ぎは少ない。親が残してくれた貯金を食い潰《つぶ》していくことには限界がある。真法院町のあの家を売っても、一生ずっと遊んで暮らせるほどの資産にはならないだろう。

インターローグ

彼は、定期通院をしている病院をあとにした。

「お酒は、飲んでいませんよね?」

血液検査データを見た医者から、そう確認された。

「はい、頑張っています」

そう答えたが、我慢したのはここ三日間だ。今夜もまた少し飲む。

糖尿病の身体に良くないことはわかっているが、完全にはやめられない。

母親は四年前に心臓麻痺で急死した。久々の対面が葬儀であった。あっけなさを感じざるを得なかった。

(どうせ死ぬのだから、あまり我慢する人生は送りたくはない)

彼は、若いころはよく我慢したと自分では思っている。

兄が秀才だっただけに、親は彼にも同じような成績を求めてきた。しかし、いくら努力しても、無理なものは無理なのだ。

親は、兄と同じ塾に通わせた。塾の先生は、優秀な兄のことをよく知っていて、何かと比較してきた。

「お兄さんに負けないようにな」

そう言われることが何よりも辛《つら》かった。

塾に足が向かなくなった。家は出るものの、映画館やゲームセンターで時間を潰《つぶ》して帰宅するようになった。

しばらくして、それが父に発覚した。

「おまえは、我が家の恥だ」

父は、彼を平手打ちにした。一度では終わらなかった。

その父親も、今では命に関わる病を患《わずら》って、すっかり元気をなくしているようだ。母の葬儀を除いて、実家には十年以上も帰っていないので、実情はよく知らない。妹夫婦に任せっきりだ。関わりたくもないし、関心もない。父が自慢のタネにし続けてきた兄も、似たようなもので、実家にほとんど帰っていないそうだ。優秀な息子もバカ息子も、その点では同じということなのだ。

彼は、スーパーに立ち寄って惣菜《そうざい》を買った。好物のチューハイもカゴに入れた。夜が来るまではパチンコだ。あまり勝ったことはないが、パチンコもスロットも好きだ。

今は気楽な独身なので、誰にも咎《とが》められない。

彼は、仕事を四回替わって、それぞれで失敗した。居酒屋やラーメン店も経営したが、いずれも潰してしまった。いや、むしろ節操なくいろんな職業に手を出してしまったことが、失敗の原因だったかもしれない。そして、離婚歴も三回を数える。いずれも婚姻期間は短くて、子供はいない。子供がいないのも気楽だった。

ガツガツすることは、若いころから嫌いだった。

ガツガツ点数を稼いで成績を上げることも、ガツガツ仕事をして蓄財をすることも、性に合わなかった。

三回離婚しているが、異性に対してもガツガツはしていない。むしろ淡泊だったから、飽きられたのだ。浮気をしたことはない。

誰にも邪魔されずにマイペースで、贅沢《ぜいたく》でなくても一人で好きなように生きる――その生活が一番似合っていることを彼は人生の半分が過ぎたころに、ようやくわかった。

小さいころから両親に尻を叩かれ、兄に負けまいと気を張ってきたことが、いつの間にか習性になっていて、ずいぶんと損をしてきた。

離婚した三人の妻たちも、彼が商売に精を出してガツガツ利益を上げることを期待してきた。外見からは、アクティブな男に見えるらしい。本当はまったく違うのだ。妻たちが鞭《むち》を入れたために、頑張り過ぎて、ストレスを抱え、それを紛《まぎ》らわせるために痛飲した。そして身体を壊した。海外のカジノに行って散財もした。

今のようなチューハイ一、二本と、夕方までのパチンコ程度で、彼は充分に満足なのだ。

そんなに長生きしなくてもいい。健康オタクとして、ガツガツと運動したり、栄養バランスのある食事を心がけようとも思わない。

第四章

1

　安治川は、姪の名保子が夫と子供と暮らす家に足を向けた。兄夫婦が若くして交通事故で急死してから、安治川は二人の姪を自分の子供のようにして育ててきた。名保子は天王寺公園近くのマンション住まいだから、職場からは近い。

「うちの人が、急に出張で東京に行くことになったんよ。せっかく晩ご飯作ったのに、余るんもったいないから、叔父さん食べにきてよ。今夜は、子供が好きなハンバーグやオムライスやのうて、うちの人に合わせて和食にしたんよ」

　名保子は、そう電話をしてきた。出張というのは本当だろうが、ご飯が余るというのはきっと彼女の方便だ。独り身で外食が多くて、食生活が偏《かたよ》りがちな安治川のことを気遣ってくれているのだ。

「坊やと会うのも楽しみや。またちょっと大きくなっているやろうし」

「そのことで悩んでいるんよ。お義父《とお》さんが、子供時代に肥満児でよく学校でイジメられたから、隔世遺伝《かくせいいでん》やないかって気にしてはるのよ」

「痩《や》せているよりも、健康優良児のほうがええやないか」

「お義父さんは、そうは捉《とら》えてくれはらへんの。きょう来てくれたら、叔父さんと子供のツーショット写真を撮ってお義父さんに送るわ。うちの人はお義母《かあ》さんに似て小柄だから、うちの人と子供のツーショットでは、どうしても子供が大きく見えてしまうのよ」

「そらまあ、わしはメタボやさかいな。ほな、のちほど」

安治川は電話を切りながら笑った。警察官時代の後半は内勤であったので、腹囲は増えていった。消息対応室に赴任《ふにん》してからは外回りもするので、腹囲も血圧も血糖値も数値はよくなった。定年で完全リタイアをしていたら、もっとメタボは進んでいただろう。その意味でも、再雇用制度はありがたい。

安治川は、姪の子供にお土産のケーキを買うために、近鉄百貨店あべのハルカス近鉄本店に立ち寄った。

ケーキ売り場のある地下一階に降りる階段の手前で、年配の女性とすれ違った。樫原虹彦のことを訊いた町会長夫人が、両手に買い物袋を下げていた。

「あ、先日はどうも」

夫人も、挨拶《あいさつ》されて思い出したようだった。

「ああ、どうも。まだ樫原さんのことをお調べですの？」

「いいえ。今のところは」

安治川は少し曖昧に答えた。

気になっていないわけではないが、当面は静観することを決めて二週間あまりが経つ。良美も納得してくれている。他の案件調査も新たに二件入ってきており、かなり忙しくしていた。

「樫原さんの奥さんが亡くなったことは知ってはりますの？」

「ええ、まあ」

「聞いて驚きました。しばらくお見かけしていないなとは思っていましたが、ご病気でなくて事故だったんですね。うちの主人に、樫原さんが相談してきはったので、わかったんですよ」

「樫原さんが相談と言わはりますと？」

「うちの主人は長いこと市役所に勤めておりまして、橿原さんはそのことを知ってはったので、手続方法について訊いてきはったのです……でも、主人は戸籍関係の係にはいたことがなくて」

　そこまで言って、夫人はしゃべり過ぎたと感じたのか、口を閉ざした。

「もうちょっと詳しゅう聞かしてもらえませんやろか？　もちろん、誰から聞いたということは絶対に口外しませんよって」

「はあ、でもプライバシーが……」

「ひょっとしたら、若い女性が絡んでいませんか？　ガラス彫刻家のお弟子さんをしているという黒髪の女性です」

「外見はよく知りません。お見かけしたことはないので。でも、お弟子さんとは聞きました。そのかたから養子縁組を頼まれているということで、手続の方法などを主人は訊かれたんです」

「ほう、それはいつごろのことですか？」

　妻が亡くなったことで橿原虹彦が沢木杏里と再婚するのではないか、とは思っていた。しかし養子縁組というのは想定外だった。

「おとといでした」

意外なところから情報が舞い込んだ。

「室長は、どない考えはりますか？」

翌朝、出勤した安治川は、芝に報告した。良美はまだ来ていない。

「うーん、養子縁組をしたなら、相続に関しては実子と同じだから相続権がもらえる。その点では再婚した場合と変わらないな。ただ、榲原虹彦の立場からすれば、養子は妻ではないのだから、別の女性との再婚は可能だ」

「そういう女が別にいるんでしょうか」

榲原虹彦は沢木杏里に惹かれている、というのが良美の見立てだった。だが、実際は違うのだろうか。

「その町会長夫人の話が嘘だと言うつもりはないが、単に相談をしたということだけかもしれない。そもそも、そんな養子縁組の使いかたは、私は邪道だと思う」

「はあ」

安治川は、この消息対応室で働くようになってしばらくして知ったのだが、芝は自分が捜査で関わった通り魔事件で両親が犠牲になった少年を引き取って、養子として育てているのだ。

「けど、邪道であっても、要件を満たしていたなら、役所は養子縁組を受け付けるのやないですか」

「それはそうなんだが」

「戸籍を調べてもよろしいですやろか」

「安治川さんは何を推測しているんだ。この前、話し合ったときに『ほんまのところは、あと一日休みをもろうて、もう少し調べたいです。とくに通代はんの人物像が』と言っていたことがずっと気になっているんだ。新月君がいたので、訊くことを控えたんだが」

「わしも控えましたんや。お話ししてもええですんですけど、ちょっと長《なご》うなるかもしれません」

良美はもうすぐ出勤してくる。

「わかった。昼めしに別々に出ることにして、落ち合おう。私はちょうど午後から府警本部に行くことになっているので、早めに出かける。区役所にも寄ってくる。親の代から暮らしているのだから、橿原さんの本籍地はここだろう」

「かまへんのですか」

「戸籍を閲覧させてくれと頼むのではない。養子縁組の届出があったかどうかを確認するだけだ。それならハードルはそんなに高くない」

2

「四天王寺の亀の池前とは、安治川さんらしい合流場所だな」

芝は、軽く笑いながらやってきた。

「じっと日なたぼっこしている亀を見てると、時間がゆっくりと過ぎていってくれて、癒やされますんや」

ベンチに座った安治川は、目を細めた。コンビニで買ったサンドイッチとおにぎりを手にしている。

「私はこれだ。区役所の近くにテイクアウトの弁当店があった」

芝は、並んで座った。

「区役所のほうはどないでした?」

「きのう、養子縁組届がなされたということだ。橿原虹彦と沢木杏里の二人がともに出頭している。どちらかと言うと、沢木杏里のほうが主導して区役所職員に接していたということだった」

「そうでしたか。行方不明者届のときは彼女は直接の関わりを有してませんさかいに、付いてきたものの一階で待っていたんですけど、養子縁組となったら当事者ですさかいに堂々と表に立てますよね」

「安治川さんから、南河内署での二人の写真をもらっておいたので、区役所の人に確認もしてもらったよ」

「わしもここに来る前に町会長さんのところに立ち寄って、橿原虹彦から受けた相談内容を聞いてきました。養子縁組届をする際に必要な書類と、婚姻届との差異を尋ねられたということでした」

「ということは」

「橿原虹彦としては再婚したいと考えていたけれど、沢木杏里から養子縁組をしたいと言われてそれに従ったということやないですか」

　他人同士が身内になるという点では、養子縁組は婚姻に近い効果を持つ。同性同士の婚姻はまだ現在の日本では認められていない。自治体によっては、パートナーシップ制度があるが、婚姻とは違う。そのため、養子縁組をすることで、相続などで婚姻に近い結果を得ようとする同性カップルもいる。

「橿原家は、以前からあの土地に住む名家だから、世間体《せけんてい》も大きい。妻が亡くなったとたんに、若い女弟子を新しい嫁にしたら陰口を叩かれる。養子縁組なら堂々と一緒に暮らせる……そんなふうに沢木杏里は説得したのだろうか」

「おおむねはそんなとこや、とわしも思います」

「安治川さんの推測を聞かせてくれないか」

そのために、二人は四天王寺の境内《けいだい》まで出てきたのだ。

「ええ。今、『おおむねはそんなとこや』と言いましたんやけど、妻が亡くなったという点だけが、わしは意見が違うんです」

「どういう意味だね？」

「南河内署が出した事故死やという結論に異を唱えるつもりはあらしません。現場の状況や医師の見分結果からして、殺人事件やあらへんと考えています。けど、死んだ女性が橿原通代はんとは断定でけしません。橿原通代はんやとされたんは、遺体がクレジットカードや携帯電話を所持していたこと、行方不明者届に記されていた身長、体重などの特徴が一致したこと、外反母趾の手術をしていること、橿原虹彦と沢木杏里という複数人の遺体確認があったことです」

「それだけあれば、南河内署が死者を橿原通代と断定したのは当然だ」

「けど、不審点はおます。まずは行方不明者届のときに提出された写真です。立山連峰の登頂時の写真が添付されましたけど、〝顔が小さいので別のものを出してください〟と四天王寺署は仮受理にしました。そして新しい写真が出されてへん段階で、金剛山で遺体が見つかりました」

「そうだったな。仮受理とはいえ、登山の写真が出されていたことで、登山中の転死がすんなり受け入れられてしまったのかもしれない」

「ある程度は、年齢や顔立ちは似ていたとは思いますのや。全然ちごていたら、おかしいと思われます。せやけど、遠景やと、雰囲気が似た人間は案外とおるんやないですか。ぎょうさんの写真の中から、似てそうなものを選んで提出することはでけると思いますのや。そのうえ、眼鏡をかけていたら、目の特徴が減殺されます」

　パスポートや免許証に使う顔写真は眼鏡を外したものが望ましいとされているのは、眼鏡によって顔認識がされにくいことがあるからだ。

「その行方不明者届に添付されていた写真ですけど、一つけったいなことがおますんや。わしは写真の端に写っていた山小屋らしき建物に注目しました。ネットで立山連峰の写真を検索してみました。同じ山小屋と思われる平屋建てものがおました。詳しい建物案内も載ってまして、軒の高さは二メートル三十センチということでした。それと比較してみたら、写真の女性はそこそこの長身です」

「よくそんなことに気づきましたね」

「いや、ごく最近になって、ちょっと思いつきましたんや」

ヒントになったのは、姪の名保子が子供の体型を小さく見せたいので安治川とツーショット写真を撮りたいと言ったことだった。

「定規《じょうぎ》での比較ですけど、写真の女性は百六十センチを超えます。行方不明者届にも百六十四センチとあり、検視報告にも約百六十五センチとおました。ところが、大学同期生の古関あやかはんにあらためて電話したところ、橿原通代はんは百五十三センチの古関はんよりもまだ少し低くて、百五十センチそこそこではないか、ということですのや」

「顔立ちは少し似ていても、身長が十五センチほど違うということか」

「ええ」

「ということは、橿原虹彦は別人を妻として届け出たかもしれないわけか……これはとても大きなことだぞ」

「はい、その可能性が否定でけしません。もしせやったら、金剛山で亡くなったのは橿原通代やないことになります」

橿原通代が登山をしていたということを、古関あやかをはじめ誰も知らないと言った。別人ならそのことと矛盾しない。

「そうなると、金剛山で亡くなった女性は橿原通代ではないが、橿原虹彦とは何らかの接点があったということになるな」

「ええ。もしくは沢木杏里と接点があったか、です。考えてみれば、急ぐようにして遺体が直葬されてしもうたのも、けったいです。遠方とはいえ、橿原通代の遺族には知らされていません」

「そうか。別人なら、火葬前に遺族と対面させるわけにはいかないからな」

「本物の橿原通代には、若年性の認知症の症状が出始めていたことは確かやと思います。せやから交流が少のうなっていました。それも、利用する側にとっては好都合やったことでしょう」

「となると、本物の橿原通代は、どこでどうしているんだろ。もしかしたら、彼女も亡くなっていて、今度は金剛山で死んだ女性と入れ替わって死亡届が出されるんだろうか」

「その可能性はあります」

「死者の入れ替えということだな。もしそうだとすると、行方不明者届の制度自体が悪用されたことになるな。そいつは腹立たしいことだ。許せない」

芝は、テイクアウト弁当を取り出したものの、箸《はし》を手にしていない。安治川も同様だ。

「このままスルーというのは、ようないです。けど、行方不明者届自体がもう取り下げられてしまいました。わしらは、この先動くことができますやろか。そもそも消息対応室の案件やないんです」

所轄署である四天王寺署の生活安全課長も、「出しゃばり過ぎだ」と新月良美を叱りつけた。

「安治川さん。こじつけだが、われわれが動ける拠《よ》り所がないわけではない。われわれの職務は、一般行方不明者と特異行方不明者の判別が微妙なグレーゾーンについて所轄署から送付を受けて調査をすることと、すべての行方不明者届を入力してデータ化することの二つだ。その行方不明者届が悪用されていたとしたら、正確なデータが取れない。だから、その取り下げに疑義があれば調べてみることもあっていいはずだ。後者のほうは、所轄署からの送付があった、なかったとは関係がない」

「ほんまに、こじつけですな」

「まあ、役所や行政の仕事はそういう要素もある。ただし、覚悟が必要だ。見込み違いだったのでごめんなさい、では済まない」

「それはわかっとります。せやから、そんときは責任はわし一人で充分やと」

「そうはいかないよ。それがわかっているからこそ、新月君にブレーキをかけて、安治川さん自身も自制しているわけでしょ」

「ええ、まあ」

「私も一度は、新月君のことを考えて、ストップをかけた。彼女は、難波署の少年係時代にミスをしたことで転任となってまだ一年経っていないからね。しかし、ここ最近の彼女を見ていると、ただ出勤しているだけだという印象も受けてしまう。若い警察官の将来も大事だが、やる気を削《そ》がないことも管理職として必要と思うんだ」

「それは、リスペクトします」

「もちろん、消息対応室として手柄を挙げられたら、という意図もあるよ。安治川さんは、どういう切り口を考えているんだね。もし攻め込むとしたら」

「切り口は二つおますんやないですか。一つめは、遺体は火葬されてしまいましたけど、遺品はまだ残っているはずです。指紋やDNA照合をすることで、同一人物かどうかを検証でけるかもしれません。二つめは、もし入れ替えやとしたら、どこかで本物の橿原通代が別の女性として、どこかの署ですでに行方不明者届が出されとる、あるいはこれから出されるかもしれません」

「そうだな。その行方不明者届には、本物の橿原通代さんの特徴が記されていて、写真が添付されていることになる。それならば、われわれのほうでも、すぐにでも調べられる」

「もちろん、これからの提出かもしれませんし、橿原通代のときと同様に取り下げられていることもありえます」

「とにかく、調べてみることだな。うちの本分だから、これは問題ない。新月君にやってもらおう。一つめのほうは安治川さんが担当してくれるか」

「かましませんけど、橿原虹彦や沢木杏里に直接ぶつかる必要性も出てくると思います。こちらの身分も明かさざるをえないかもしれません。そうなると、警戒されることに繋がります」

町会長夫人や犬を連れた男性に声をかけているから、調べていることが何かの拍子で伝わる可能性はある。しかし、そういう間接的な伝達とは質が違ってくる。

「それはしかたがない。会うことで、向こうがボロを出すこともある。ただし、あくまでも慎重に」

退庁時刻になってから、安治川は動いた。芝は了知《りょうち》していても、良美には明かさないほうがいい。知ったら彼女は「うちも行きます」と言うに違いない。

古関あやかに教えてもらった同期生四人のうち、一人だけ展覧会以後にも電話で三回櫃原通代と話をしたという女性がいた。通代はその中で「最近物忘れをよくするようになって、不安になっている」と言っていた。最も親しいと思えるその女性に、会ってみることにした。

北村康子《きたむらやすこ》というその女性は、仕事帰りに天王寺駅前のカフェまでやってきてくれた。

「まず、この写真を見てくれはりますか。櫃原通代さんですやろか？」

櫃原虹彦が、行方不明者届に添付した写真は取り下げられたが、南河内署の浅野がコピーしていたものを安治川はスマホに収めさせてもらっていた。

「はあ」

北村康子は、細い目をいっそう細くして、写真を凝視した。

「顔が小そうて、すんまへん。三十八歳のときのものやそうです。そのころやったら、会うてはるのやないですか」

櫃原虹彦は、行方不明者届を提出するときに十三年前のものだと言っていた。

安治川は、芝と別れたあと、櫃原通代が診てもらっていた大阪西部中央病院の医師を訪ねていた。この写真を見てもらったが、医師は「こんな感じの患者さんでしたが、よくはわかりません」と答えた。無理もない。医師として顔色や血色には注意を払うだろうが、顔立ちはあまり関係がない。しかもたくさんの患者の中の一人で、現在も診ているわけではない。安治川が伺ったときも、待合室の椅子が足りないほどの患者が控えていた。

「そうですね。写真が小さくて自信はないですけど、なんかちょっと感じが違う気がしないでもないです。通代さんは全体的に地味でおとなしめなんですよ」

北村康子はそう答えた。

「拡大コピーしたものもおますねけど」

安治川は差し出した。拡大したので、顔面はぼやけてしまっている。

「これだと、よけいにわからないですね」

「似ているのは似ているのですね」

金剛山での転落死体の写真は、凄惨《せいさん》過ぎるので見せるのが憚《はばか》られる。しかも顔面が血まみれなので判別もしにくい。

「ええ、似ていないことはないです。でも、専門学校に通っている私の娘にこんな話を聞いたことがあります。娘は、写真が大好きなのでインスタグラムによく載せているのですけど、アプリで顔を加工することはわりと簡単だそうですよ。スノーやスナップシードでしたか、とにかくいろいろとあるそうです。私はやってもらったことはないですけど」

　北村康子は、スマホを出して、自分の娘の加工写真をいくつか見せてくれた。たしかに輪郭も目の大きさも鼻の形も、かなり違っている。スクロールしていくと、顔が少しずつ変化をしていく十枚余の写真もあった。最初と最後とでは、別人に近い。

「こんなのもあるんですよ」

　彼女は、幼い乳児の顔写真を見せた。

「この赤ちゃんは？」

「それは、うちの娘とカレシの写真を掛け合わせて、もしも子供ができたらという仮定で、合成で作れるアプリなんですよ」

「そんなんもあるんですね。わしらの世代からしたら、想像もつかへんことが指先だけででけてしまうんですな」

　そんなテクニックを使えば、寄せて似せた写真が作れそうだ。

「通代はんの若い頃について訊きます。登山はまったくしてはりませんでしたか。本格的なもんやのうてハイキングとかも」

　写真からだけでは、別人かどうかのアプローチは厳しそうだ。

「聞いたことがないですね。アウトドアと通代さんは結びつきません。若い頃、キャンプに誘ったことがありましたけど、『好きじゃない』と断られました」

「新しくそういう趣味を始めはった、ということも聞いてはらへんですか」

「ええ」

「通代はんは、物忘れをするようになった不安を打ち明けてはったのですね」

「はい。『この年齢になったら、誰でもあるわよ』と慰めたんですが、『ごみの収集日を何度か間違えてしまって、夫が出すようになったのよ』と言っていました」

そういう人間が、府内とはいえ一人で冬山に行くとは思えない。外反母趾の手術を受けていたのなら、なおさらだろう。

「虹彦はんとの夫婦仲は、ざっくばらんにどないでしたやろか」

「よくはわからないですけど、愚痴はありましたね」

「どないな愚痴ですか」

「彼との毎日はもう惰性《だせい》だと言っていました。お互い、外に勤めに出ているわけではなく、子供もいないからマンネリ化しているって」

「通代はんのほうから積極的にアプローチして結婚しはったと聞きましたけど」

「そうだから相手を嫌《いや》にならない、とは限らないです。むしろ自分の見込み違いだと感じたなら、よけいに落ち込むかもしれません」

「これも、ざっくばらんにお尋ねしますけど、虹彦はんに若い愛人がいやはるという可能性はありましたやろか」

「聞いていませんね。もしそうだとしても彼女の性格からして、私には言わないでしょうね。プライドの高い人だから、そんなことは知られたくないはずです。ましてや私たちの同期では一番結婚が早くて、しかもお金持ちの一人息子をゲットしたことで優越感に浸っていたでしょうから」


　北村康子と別れたあと、安治川は真法院町に足を向けた。

　櫃原邸には、明かりが点《つ》いていた。中に居るのは、虹彦一人なのか、それとも養子縁組をした杏里もいっしょなのか……気にはなるが訪ねるのは後日にして、安治川は隣家のインターホンを押した。

　西隣はマンションとなっていて入居者募集の看板が出ているが、東隣は櫃原邸より少し狭い一戸建て住宅で、築年数は同じくらいだ。この隣家の住人なら、櫃原夫婦の身近にいる存在だろう。ただし裏を返せば、筒抜けになるおそれもある。

「夜分に恐れ入ります」

安治川は、警察ということを明かしたうえで隣家の初老夫婦に頭を下げた。

「警察のかたが……いったい何があったんですか？」

「いや、あんまし、たいそうに思わんといてくれやす。お隣の奥さんが亡くならはったことは、知ってはりますか」

「ええ、ちょうど斎場《さいじょう》から帰ってきはった虹彦さんがタクシーを降りたところをお見かけしました。遺骨を抱えてはって、びっくりしました」

妻のほうが答えた。

「どういう原因で亡くならはったか、聞かはりましたか」

「不慮の事故とおっしゃっていました。詳しいことは、お尋ねでけるものやないです」

「そらそうですね。事故死ということは確かなんですが、警察というところは因果《いんが》な商売でして、詳細を調べておかなあかんのです。山で亡くならはったということですねけど、通代はんが登山をしはるということは知ってはりましたか？」

「いいえ。でも、橿原さんは御夫婦とも無口なかたなので、挨拶程度しか交わしたことがなくて、趣味などはよく存じ上げないです」

「この女性を見かけはったことがありますか？」

安治川は、南河内署を訪れた虹彦と杏里の写真を出した。

隣家の夫婦は顔を見合わせた。

「この女の子は、どういうかたなのですか？」

夫のほうが逆に訊いてきた。

「虹彦はんは弟子やと言うてはりますけど」

「そうなんですか。実はお見かけしたのは一度だけなんです。私が帰宅したときにちょうど、この女性が隣の玄関先から出てきました」

夫のほうが、ややためらいがちに言った。

「いつごろですか」

「二ヵ月ほど前になりますかね。玄関まで見送っていた虹彦さんは、照れくささそうな顔でほんの軽く私に会釈《えしゃく》しましたが、女の子のほうは無愛想《ぶあいそう》でした。そのあと、お隣で珍しく御夫婦で言い合う声が聞こえました」

「言い合う声？」

「伯父から譲り受けてここに住んで二十年になりますが、これまで一度もなかったことでした。あ、いえ、私のほうが聞き耳を立てていたわけではないんですよ。聞こえてきたんですよ」

夫は手を左右に振った。

「どないな言い合いやったんですか」

「全部は聞こえませんでした。また聞く気もありません。ただ、通代さんの声が大きかったので、嫌でも耳に入りました。『耄碌《もうろく》なんかしていないわよ』と繰り返しながら、『気がつかないとでも思っているの』といった詰《なじ》るような言葉でした。虹彦さんも反論していたようでしたが、中身はわかりません」

「あの女の子は、本当にお弟子さんなのですか？　私のほうは、二度ばかり見かけました。あまり芸術家という印象は受けなかったです」

それまで黙っていた妻のほうが訊いてきた。

「それがわからしませんよって、こうしてお訊きしているんです。なんぞ気がつかはったことはあらしませんか」

「彫刻家の弟子なら、道具のようなものを手にしているのが普通でしょうが、小さなハンドバッグ一つでしたね。こちらに礼をすることもなく、黙って素通りして、櫃原さんの家に入っていきました」

「インターホンも押すことなしにですか」

「玄関は開いていて、スッと入っていきましたよ。事前に来訪の連絡がいっていたんでしょうね」

「そうかもしれませんからね。夫婦仲はどないでしたか？」

「よくは知りません。でも悪口ではないですけど、あの奥さんでは虹彦さんは御苦労だったでしょうね」

「と言わはりますと？」

「とにかく面倒くさがりなかたでした。子供もいないのに、ろくに働きもしないで。庭の木が伸びてきてうちの敷地に葉が落ちるようになったので、枝の剪定《せんてい》をお願いしたけど、いつまで待っても、やってもらえなくて」

夫のほうが、あまりこき下ろさないでとばかりに抑えるように手を添《そ》えたので、妻は口をつぐんだ。

それ以上の情報は得られなかった。


翌日は土曜日であったので、裏手の家やその隣家を回った。

新しく得られた収穫はほとんどなかった。

橿原夫婦はあまり近隣と交流はなく、歯科医であった父の資産で優雅に暮らしているというイメージで見られているようであった。夫の虹彦は、毒にも薬にもならない地味な存在といったところだ。妻の通代は、愛想が悪くてやや鼻につくところがあるようだったが、庭から伸びる枝を切ろうとしないという程度の迷惑のようだ。

安治川は、橿原家のインターホンを押すことにした。

友人や近隣など周辺から固めていく定石《じょうせき》の方法を採ったが、これといった成果はなかった。平素から近所つき合いをしていない状態なので、安治川が回っていることによるリアクションもなさそうだ。

ここは直接会うことで、進展を期待するしかない。四天王寺署から抗議されるかもしれないが、やむを得ない。

「大阪府警の消息対応室？　いったい何の用ですか」

インターホン越しに、虹彦は慎重に訊いてきた。

「お尋ねしたいことがおます。まあ、職務質問のようなもんです。玄関前までお願いでけませんやろか」

「インターホンではダメなんですか」

もしかしたら、杏里が横にいるのかもしれない。

「見てもらいたいものがありますのや。短時間で終わると思います。もし家の中があかんのやったら、近くの喫茶店でもかましません」

「本当に短時間で終わってくださいよ」

虹彦は、玄関を開けて出てきた。南河内署を訪れたときの防犯カメラ写真からイメージしていたよりも、小柄であった。丸顔で肌つやは良く髪は黒々としており、実年齢の五十歳よりは若く見える。メタルフレームの眼鏡をかけて、紺のジーパンにノルディック柄のトップスだ。彫刻家よりもミュージシャンタイプの外見だ。

「突然にえらいすんません」

頭を下げながら三和土《たたき》を見てみるが、女物の靴は置かれていない。

「疑うつもりはないですが、名刺をください」

「わかりました」

安治川は名刺を出した。

虹彦は応接間には通してくれたが、ひどく不機嫌そうだ。メタルフレームの眼鏡の奥で切れ長の小さい目が吊り上がっているように見える。

「いったいどういう用件なんですか」

「通代はんのことで、確かめたいのですけど、普段から登山をしてはったんですか」

「なぜ、そんなことを訊くんですかな?」

「通代はんの美大時代のお友だちに尋ねたところ、そういう趣味はなかったて言うたはります」

「いったい何が目的なんだ。そもそも消息対応室というのは？」

「府内の行方不明者届を扱うセクションですのや」

「行方不明者届は取り下げた。もう亡くなってしまったから必要ないからだ。そんなことも知らないのか」

虹彦はだんだん粗野な言いかたになっていく。

「知っとります。遺体確認に行かはったことも」

「事故死ということだった。不運だがしかたがない。君は、不幸な遺族感情を逆なでする気なのかね」

「いえ、そういう気持ちはまったくおません。それで遺体確認をしはって、通代はんに間違いおませんでしたか」

「何を疑うんだ。失敬な」

「遺体は、アノラックの登山着でした。軽アイゼンも履いてはりました。せやったら、まったくの初心者やのうて、経験があるはずです。他にどないな服や装備を持ってはるのか、部屋を見してもらえませんやろか」

「そんな義務はない。もう帰ってくれ」

「もしも亡くなったのが橿原通代はんやなかったら、あんたは虚偽申告をしたことになります」

「そんなことをして、何の利益があるんだ。生命保険金も掛けていない。通代には、相続できる財産もほとんどない」

虹彦は、頰《ほお》を強張《こわば》らせながら反論した。

「配偶者が亡くなったら、自由に結婚ができます。女性の場合は待婚《たいこん》期間ていうのがあって、すぐにはでけしませんけど、男性の場合は翌日でも可能です」

「そんなことはしていない」

「けど、養子縁組はしはりましたな。沢木杏里というおかたと……もし通代はんが存命なら、夫婦一緒やないと養親にはなれしませんよって、通代はんの同意が要りますけど、亡くならはったんやったらのうてもいけます」

強張った虹彦の頰がピクついた。

「インターホンでは、『見てもらいたいものがある』と言ったが、何なのだ?」

「これですのや。大阪美大の先生の追悼展のときの集合写真です。あんたが知ってはるかたもいてはりますね。そして、こちらが通代はんですね」

古関あやかが探し出してくれたものだ。

「そうだが」

「行方不明者届に付けてはった写真と比べて、同一人物とはちゃうような印象を受けます。こちらは十五年前の撮影ということで、行方不明者届の十三年前のものと時間的にはまあまあ近いです」

「こんな集合写真で比較するのは、無理があるだろ」

「ほな、こちらはどないです。金剛山で亡くなった女性の遺体写真です。ほんまに通代はんやて、断言でけますか？」

「いい加減にしろっ。こんな気持ち悪い写真を見せるな」

虹彦は立ち上がった。

「気持ち悪い……自分の嫁に対して、そこまで言うてもええんですか」

「収容先の病院まで行って、血が拭《ぬぐ》われた遺体で確認した。通代に間違いなかった。そんなに疑うなら、待っていろ。いや、ここではなく、外へ出て待つんだ」

「ここやとあかんのですか」

「言うことを聞いてもらおう。私の家なのだ」

「わかりました」

虹彦の意図がはかりかねたが、ここは従うことにした。

表で四十分近く待たせて、虹彦は現われた。手にはビニール袋を持っている。

「これが、妻が死んだときに着ていたアノラックの登山着だ。まだ血も付いている。DNA鑑定とやらをしたら、はっきりするだろう」

「DNA鑑定には比較対照物が必要ですのや」

「それは、具体的にどういう物なんだ？」

「奥さんが日常つこうてはったヘアブラシとか歯ブラシとか、DNA採取が可能なもんです」

「だったら、何でも好きなものを持ち帰ったらいい。私が許可する」

「任意提出してくれはるのですか？」

「気の済むようにやれ。指紋も採取したらいい」

「家の中に入ってもええんですね」

「好きなようにやれと言っているだろ」

先ほどとは大違いだ。

「念のため、持ち出しの同意書をもらえますやろか」

正式の書式のものを持ち合わせているわけではないが、のちのちのトラブル回避のために一筆書いておいてもらうべきだ。

「いくらでも書くから、早くしろ」

虹彦に提供してもらって、洗面台や寝室にあるヘアブラシ、歯ブラシ、デンタルフロス、箸などの検体を安治川は消息対応室に持ち帰った。

アノラックの登山着のほうには、虹彦が言うように血痕《けっこん》が付いたままだ。

これらを使えば、ＤＮＡの対照鑑定は可能だろう。

（科捜研《かそうけん》に鑑定依頼をするとしたら、その理由をどないしようか）

安治川は、土曜日で他に誰も居ない部屋で考え込んだ。あくまでも事故死として確定した事案だ。そのことには疑念を差し挟む余地はない。ただ、事故死した女性が、橿原通代ではない可能性があるのだ。それを安治川はまだ証明できているわけではない。その証明のためにはＤＮＡ鑑定は適切なツールなのだが、それを申請するだけの理由付けがまだ足りないように思える。ましてや、消息対応室が動いていいのかどうかも微妙なのだ。科捜研も税金で運営されている組織だから、現場が頼んだからといって何でも受け入れてくれるわけではない。

（いっそのこと、民間の鑑定機関に出してみるか）

ＤＮＡによる親子鑑定などを有料で実施する民間機関はいくつかある。その精度もかなり高い。民事裁判などでは、証拠として認められることも多い。

（室長に相談してみるか）

安治川が独断すべきではない。

（それにしても……）

さっきの虹彦は、協力的過ぎた。調べられることがまるで嫌ではないと言わんばかりの姿勢だった。当初はインターホンで済ませようとしていたのに、途中から急に変わった。家の中に自由に入れたおかげで、夫婦の寝室が別々であることや、キッチンにあまり調理道具がなく料理がそれほどされていないこともわかった。アトリエも別々であった。虹彦のほうには制作中のガラス作品があり、棚には日本芸術興隆協会から贈られた最優秀賞のトロフィーが、折り畳まれた風呂敷の上に大事そうに置かれていた。手のひらサイズの小さなトロフィーではあるが、日本の国蝶とされているオオムラサキをデザインした美しいものであった。通代のアトリエのほうには作品も絵筆もなかった。代わりに別の登山着やピッケルなどが置かれていた。それらを持ち帰ることも虹彦は認めた。

ランチタイムの時刻を回っているが食欲が起きない。

消息対応室の扉が開いた。

良美が肩で息をしながら入ってきた。

「あれ、安治川さん、いやはったんですか」

「あんたこそ、土曜日に」

「かんにんです。ちょっと動いてしまいました。じっとしてるのが、しんどくって」

「どないしたんや」

「怒らはらしませんか？」

「せやから、どないしたというんや」

「昨日の夜、安治川さんを見かけました。仕事が終わって、いったんは真っ直ぐ帰ろうとしたんですけど、橿原さんの家が見たくなりました。杏里ちゃんがいっしょに暮らしているどうかだけ、確認したかったんです。結婚したのなら同居が普通ですけど、養子縁組ならそうとは限りませんよね。いえ、中へ押しかける気は毛頭ありませんでした。外から様子を窺《うかが》っていたら、杏里ちゃんの出入りがわかるかもしれへんと思うたんです。部屋の明かりがいくつ点いているかもヒントになりますよね。二つ点いていたら、杏里ちゃんもいる可能性が高いと言えますよね」

「せやな」

きょう、橿原虹彦の家の中を見ることができて、沢木杏里がいっしょに暮らし続けている気配があまりないことがわかった。歯ブラシは、虹彦と通代の二人分しかなかった。洗面台にあった女性用化粧品も回収させてもらったが、杏里のものはないようであった。ただ、キッチンにあったアニメキャラクターのコップだけは「これは妻のものではない」と虹彦は言った。杏里は、まったく来ないというわけではないという感触を得た。もちろん、虹彦があわてて隠したという可能性もある。安治川は外に出るように言われて、四十分ほど待たされた。

「そうして見張っていたら、安治川さんが東隣の家から出てきはるところを目撃したんです。芝室長からは『個人的に気になることはあるだろうが、本件は事故死であることは間違いなく、消息対応室としてはもう調査はできない。どうか行動は慎んでくれ』と言い渡されていただけに、意外でした。もしかしたら、うちを外すために、室長はわざわざそう宣告したんやないかという気がしました。普段、室長はそういう改まったことはしませんから」

「見られとったとは……全然気がつかなんだ」

安治川は、自分の頭をポンと叩いた。

「安治川さんや芝室長に任せっきりというわけにはいきません。もともと、うちが関わりを持っていたことが、きっかけやったんですから。自分にできること、いえ自分にしかできないことをやろうと思いました。杏里ちゃんと面識があり、しかも彼女の人間関係の繋がりを辿ることができるのは、うちだけなんですから」

「あんたには、室長の親心がわからへんのかな」

「わかっているつもりです。けど、背後に何かが隠されていて、それがもし新たな犯罪につながってしもうたらと思うと……婚姻やのうて養子縁組にした理由も含めて、うちなりに調べとうなったんです」

「それで、どない動いたんや」

肩で息をして入ってきたということは、何かがあったんだろう。単に安治川が隣家から出てくるのを見たというだけではなさそうだ。

「杏里ちゃんが嘘のアリバイ作りをして庇《かば》おうとした日下部崇明との関係が現在どうなっているのか、気になったのです。難波署から厳しい説諭を受けた杏里ちゃんは『彼とは縁を切ります』と反省を口にしましたけど、十七歳のときだって『日下部君とは別れることにしました』と誓ったものの、結局は交際を復活させていたのです」

「せやったな」

「もし今も交際をしているのなら、杏里ちゃんは橿原虹彦さんを騙《だま》しているのかもしれません。せやから、婚姻という形を避けた可能性もあります」

「なるほど」

「日下部崇明は有罪判決を受けましたが執行猶予付きでした。他の少年事件で顔見知りになっていた保護司さんが彼の担当だということがわかったので、けさお伺いしてみることにしました。保護司さんの話によると、日下部崇明は中学校時代の先輩に紹介してもらって、新しく別の不動産販売会社に就職していました。就職してもうすぐ一年になりますが、仕事に精を出しており、空き巣のときの被害者に弁償した治療費は借金して工面《くめん》しましたが、そのお金も給料から完済したということなのです。現在は中央区にあるマンションのモデルルーム展示場で働いているということなので、その様子を窺ってみることにしました。あくまでもそっと見ておこうという意図です。保護司さんに面会するときだけは、きちんとフォーマルな服装で『真面目に頑張っています』と説明しておきながら、本当は裏社会に身を置いているケースだってありますよね。少年係時代に、そういうことを何度か耳にしました。せやから、確認しておきたかったのです」

「どうやら、〝そっと見る〟という程度では済まへんかったようやな」

「そうなんです。到着したのはお昼少し前でしたが、モデルルームからちょうどスーツ姿の日下部君が出てくるところでした。『十二時半には戻ります』と中に居る先輩社員らしき男性にかけた声が聞こえました。彼はこちらの存在に気がついていません。ランチに出かけるようですが、十二時半までの時間なら遠くには行けないです。うちは、歩いていく彼の背中を追いました。そうしたら、すぐ近くのファミレスに入っていったのですが、窓際のテーブル席に先に杏里ちゃんが陣取っていました。彼は笑顔を向けながら、対面して座りました。昼休みデートをしていたのです。二人は、先に来ていた杏里ちゃんが飲んでいたドリンクを一本のストローでシェアするなど親しげでした。別れてなんかいいひんかったのです」

「つまり、橿原虹彦はんは錯覚させられているということか……」

「はい。四天王寺署で見た虹彦さんは、杏里ちゃんにぞっこんのような印象を受けました。でも本当は、彼女の手の上で転がされているのではないか、と思いました」

「そやさかい、養子縁組届にしたようやな」

「ええ。『年の差婚は恥ずかしいし、周りから冷ややかな目で見られそう。師匠が弟子を養子に取ることは芸術の世界ではよくあることだし、世間体を憚ることなくいっしょに暮らせるのだから、そのほうがいい』とでも説得したんやないですか。惚れた弱みで虹彦さんはそれを受け入れたのでしょう」

養子縁組でも相続に関しては実子と同じ扱いだ。杏里は、虹彦の財産を相続できる。

そして、養子縁組を杏里がしていても、婚姻は自由だ。虹彦と婚姻していたなら、他の男とは重婚になるが、養子縁組ではそういった制約はない。

「うちは、ひょっとしたら、この次は虹彦さんが危ないのやないか、と思っています」

「それは……ありえへんことやないな」

養子縁組をした虹彦が亡くなれば、直《ただ》ちに相続が始まる。

安治川は、金剛山で亡くなったのは橿原通代とは別人ではないか、という疑惑を抱いているが、これも相続絡みなら、動機になる。妻の通代が生きていたなら、通代の相続権は二分の一あるのだ。通代が死んでいたら、養子の杏里は全額を相続できる。通代は、少なくとも戸籍上は死者となっており、相続権はない。関西最高クラスの地価である真法院町で、八十坪の土地の資産価値は大きい。不動産業界に身を置く日下部なら、地価の高さは当然知っているだろう。

「ファミレスで杏里ちゃんと日下部君は親しげにしながらも、何かを相談しているようでした。急ぎの用件があるさかいに、彼の短い昼休みに会う必要性があったのやと思います。そのあと、女性店員が二人のテーブルに近づきました。行きつけの店なのでしょう。杏里ちゃんは笑顔で女性店員に頭を下げていました。そうやって、彼女の様子を捕捉できたのはラッキーだったのですが、ついそれで高揚《こうよう》してしまって、ファミレスの駐車場にいたうちは、自分が身を隠していなあかんことをつい忘れていました。杏里ちゃんと日下部君のほうをじっと見ているうちのことを、女性店員が不審に思って、うちのほうを指さしながら杏里ちゃんに何かを言いました。駐車場なので身を隠す場所がありません。急いで車の陰にしゃがみ込みましたが、時すでに遅しでした。杏里ちゃんは席を立ち上がったかと思うと、外に飛び出してきました。『新月さん。コソコソつけ回して、いったい何の用なんですか』と人目もはばからず抗議してきました。『日下部君とヨリを戻したの？』と訊くと、『そうよ。恋愛は個人の自由でしょう。それに彼は、今は真面目に働いていて、宅地建物取引士の試験にも合格しているのよ。更生《こうせい》している人間に対して、変な目で見るのは、警察官の悪いクセよ』と、未成年で補導したときにも見せなかった反抗的態度を向けてきました。うちは『あなたが、橿原虹彦と養子縁組したことはわかっているのよ』と切り返しました。『それは向こうから、子供もいないからと申し出があったからよ。弟子なんだから』と言ったあと、『これ以上つきまとうなら、人権侵害でマスコミに訴えるわよ。以前に補導されたからといって、いつまでもマークされるのはおかしいし、更生者に対して偏見を持つのはもっと不当よ』と抗議の口調を緩《ゆる》めませんでした。いつの間にか、日下部君も出てきていました。ファミレスに入ろうとしたお客さんたちが、何かのトラブルかと足を止めて遠巻きに見ています。うちはバツが悪うなって、すごすごと引き揚げることにしました。歩きながら、養子縁組のことを口にするなど手の内を晒《さら》してしまったことを悔いました。もちろん、安治川さんや芝室長から止められているのに動いてしまったことも……」

「せやったんか」

安治川は、良美を責めなかった。責めたところで、時間は巻き戻らない。しかし、杏里と日下部に気づかれてしまったので、それだけこちらが動きにくくなってしまったことは否めない。

「ファミレスを出たあと、うちはモデルルームに足を向けました。日下部君の直属の上司のかたが一人で詰めてはったので、話を聞きました。もう、こちらがマークしていることはバレてしもうたのですから、訊くなら日下部君が戻ってくるまでにと考えたわけです。上司の話によると、その会社は更生者の受け入れに前向きで、彼が執行猶予中であることはもちろん知っているということでした。数人いる更生者の中でも、彼はトップと言ってもいいくらい仕事熱心で、販売成績も良くて、宅地建物取引士の試験にも本当に合格しているということでした。執行猶予付き判決を受けたのがおととしの十一月で、そのまま上訴《じょうそ》がされず判決が確定して、彼が就職したのが去年の一月でした。働きながら猛勉強して、十月の宅地建物取引士試験に合格したのです。合格率が約十五パーセントということでかなりの難関試験ですが、一発合格です。有罪判決を受けてから五年が経過しないと、宅地建物取引士としての登録はまだできないそうですけど、十二分に会社の戦力となっていて、入社時は契約社員での雇用だったが、いずれは正社員になるだろうということでした。まさに模範的な更生者ですよね。そうなったら、もしマスコミに訴えられたなら、うちのほうが非難されます。うちが非難されるのはともかく、消息対応室や府警までが批判されるとツライです。そう考えたら、とても真っ直ぐ帰宅する気にはなれへんで、中之島《なかのしま》公園まで出て、川面《かわも》で風に当たって頭を冷やしてみたんですが、クールダウンでけませんでした……」

「まあ、あんまし落ち込むのは、精神衛生上ようないで」

安治川は、机の引き出しにストックしている缶コーヒーを差し出した。良美は、難波署少年係時代に一度ミスをして左遷されているのだ。しかも、同じ沢木杏里と日下部崇明というカップルの案件に。

「おおきにです」

良美は、缶コーヒーを力なく受け取った。

「わしは、橿原虹彦に会うてきた」

安治川は、きょうのことを話した。

「虹彦さんは、日下部君の存在を知ってはるのでしょうか」

「たぶん気づいてへんのやないかな」

かなりの世間知らずのボンボン育ちだという印象を受けた。五年以上の繋がりがある男が杏里にいることをわかっていながら愛するほどの度量はないように思える。

「二人が会っていたのは、何か相談事があったからのように見えました」

「もしかしたら、わしが虹彦のところを訪れたことが、そうさせたのかもしれへん」

安治川は、持ち帰ってきたアノラックの登山着などの机の上の検体を指さした。

「日下部崇明が職場のモデルルームを出たのは、お昼少し前やったんやな？」

「はい。正午の六、七分前でした」

虹彦は、安治川を外で待つように言って家から出した。それが十一時四十五分だった。することがなくて、腕時計を見たので間違いない。四十分ほどが経過して、虹彦はビニール袋を手に現われた。

いったん家に入れておきながら、安治川を出したのは、杏里の物を片付けるためだったと考えるよりも、誰かに連絡を取るためだったと捉えるほうが辻褄《つじつま》が合う。杏里と養子縁組をしたことは、安治川も指摘している。虹彦としては今さら隠す必要はない。それよりも、電話のやりとりを安治川に聞かれたくなかったからではないだろうか。

電話の相手は、杏里だったのではないか。日下部ということは考えにくい。杏里は日下部の存在を隠していたと思えるからだ。そのあと杏里は、急いで日下部に連絡を取って、ファミレスで落ち合うことにした。そう考えることができる。

「あんたが、ファミレスの前から離れたのは、いつ頃やった」

「正確には憶えていないですけど、正午過ぎです」

「杏里はんと駐車場でやり合うたんは、どのくらいの時間やった?」

「長く感じましたけど、二分間から三分間くらいやったと思います」

杏里は、良美を早く追い払う必要があったので、まくし立てたのではないか。そして日下部も加勢した。

そのあと良美がいなくなってから、日下部が杏里に指示をして、杏里から虹彦にこう対応しろと伝えられたのではないだろうか。日下部にとっては短い昼休みで、また職場に戻らなくてはならない。

「もし、せやとしたら」

安治川は、目の前のビニール袋を軽く指先で叩いた。

これらの検体は、日下部の指示によって提出されたものになる。

杏里が、四天王寺署で良美に声をかけられたのは偶然のことだった。だが、そのことで日下部は一定の警戒をした。そして、もしも詳しく調査されたときの防御を用意していたのではないだろうか。

「かんにんです。勝手に動いてしもて」

「いや、あんたのおかげで、向こうの実情がわかったかもしれへん」

単なるなぐさめではない。虹彦と杏里の位置関係、そして杏里を通しての日下部との繋がりが見えてきた気がする。しかし、単なる憶測の域は出ない。それらの証拠があるわけではないのだ。

「いずれにしろ、室長には報告しとかなあかんな」

芝は、懐の深さを見せてくれたが、状況は伝えておかなくてはいけない。

「ますますガードが固くなりそうですね。いや、うちらの調査自体が続けられるかどうか……マスコミに持ち込まれたなら、言い訳が立たへん気もします」

「まあ、悪いほうには考えんほうがええ」

3

「そうだったのか」

安治川から報告を聞いた芝は腕を組んだ。

「それで、次の一手は何かあるのかね？」

「金剛山で亡くなったのは、橿原通代はんやないということを明らかにする以外には、違法性を追及する方策はあらへんかと」

「そうだな」

「民間機関に送って、指紋照合とDNA照合をしてみませんか。それやったら、府警を巻き込むことにはならしません。科捜研に頼む場合とちごて費用も必要やし、結果が出るのも早うて十日から二週間後と時間がかかりますけど」

「相手があえて提供してきただけに、穴があるとは思えないが、やってみようか」

「ええ。なんぼ任意提出されたものであっても、いつまでも預かっているわけにはいかしません。鑑定費用はわしが」

「いや、折半にしよう。そして鑑定結果が出るまでは、この件については動かないことにしよう」

「承知しました」

安治川が回収してきたピッケルと、洗面台にあったコスメ瓶からの指紋照合をすることにした。いずれも指紋検出が容易にできる可能性が高かった。それとともに、登山服に付いた血痕と、寝室にあったヘアブラシに付いた毛髪の毛根とのＤＮＡ鑑定を依頼することにした。


そして、鑑定結果が出た。

指紋、ＤＮＡとも、同一人物のものということであった。

それを受け取った翌日に、消息対応室を揺るがす出来事が起きた。

第五章

1

関西国際空港の対岸エリアは、かつてのバブル期に開発が期待された。大量の土砂が運ばれて海上が埋め立てられ、新空港が造成されていく時期が、昭和の終わりから平成の初期であった。

国も自治体も企業も夢のようなビジョンを描いたが、机上で計算されたような需要は起きず、バブルがはじけたこともあって、かなりの計画が頓挫《とんざ》した。用地取得がされたものの空き地になっている場所も少なくなく、完成はしたけれどテナントがほとんど入っていないビルもある。

阪神高速4号湾岸線がすぐ側《そば》を通るベイサイドNAビルも、そんなビルの一つだ。

さほど広くない敷地に十一階建てのペンシルビルを建設したが、当初から続いているテナントは一階の釣具店だけだ。新築時には半数以上のオフィススペースが埋まっていたが、現在では五階と七階の二室しか借り手がいない。レストラン用に作られた最上階は、一度も使われたことがないままだ。賃料で固定資産税を払うのがやっとで、このままだと幽霊ビルに近い状態になるであろうが、解体するとなると費用がかかる。所有している会社は、和歌山県でプレジャーボートや小型クルーザーをレンタルしており、本業が黒字なので、建設費は回収されていないが、ベイサイドNAビルはかろうじて残っている。

一階の釣具店の店主が朝に出勤してきて、ビルの前の駐車場スペースで倒れて動かない小柄な男を発見した。かつて遠洋漁船で調理担当をしたこともあり、さまざまな魚をさばいてきたが、頭部から血を流した人間を見ることには慣れていなかった。店主は、腰を抜かしてへたり込んだまま、携帯電話で通報した。

屋上には革靴がきちんと揃えられていて、男物のポーチが置かれていた。

ベイサイドNAビルは、非常階段が屋上まで続いている。非常階段口は鎖によって閉鎖されているが、乗り越えられない高さではない。

死因は脳挫傷であった。この高さから駐車場のアスファルト地面に頭部を激突させたなら、即死に近い状態であっただろう。

ポーチの中に、〝遺書〟と表書きされた封筒が入っていた。便箋《びんせん》にボールペンで一文がしたためられていた。

〝もう生きていくのが嫌になりました。

いいことのほうが少ない人生でした。これから先は、もっと悪いことが増えていくに違いありません。

子供時代は他人の目からは恵まれていると見えたでしょうが、父のあとを継ぐことを求められて、とても苦痛でした。手先が器用に生まれているのだから、と両親は期待しましたが、あの歯科医院独特の匂いは大嫌いでした。

反対を押し切って芸術の道に進んで、新鋭部門最優秀賞をもらったときは、未来は明るいと思いましたが、現実は違いました。抜きん出た才能と好運に恵まれなければ、輝くことはできない厳しい世界です。もうこの歳《とし》になっての才能開花はありません。

持った家庭も最悪でした。もっと慎重に結婚すべきだったのです。妻のわがままに振り回され、子供はできず、団らんとは程遠い毎日でした。

もうこの世に未練はありません。自ら死を選択することで、人生のピリオドを打ちます。酷《ひど》い死体を片付けてくださるかたには、感謝します。

もしもあの世があるなら、今度は幸せな人生を送りたいです。

　　　　　　　　　　　　　　　　　　　　　　　　　　櫨原虹彦〟


革靴とポーチは、拡げられた風呂敷の上に置かれていた。その間には、最優秀賞の小さなトロフィーが鎮座していた。風呂敷には、日本芸術興隆協会という記名が入っていた。最優秀賞の副賞でもらったものかもしれない。

遺体の胸ポケットには、櫨原虹彦の健康保険証が入っており、財布の中には現金約三万円と名刺が入っていた。〝ガラス彫刻家　櫨原虹彦〟の名刺に混じって、〝大阪府警　消息対応室　安治川信繁〟の名刺があった。

2

「ええ。櫨原虹彦はんに間違いおません」

臨海署《りんかい》の安置室で、安治川は動かない櫨原虹彦と対面した。安治川が遺体確認者となる——まさかこんな展開が待っているとは夢想だにしなかった。明らかに別人ではなく、櫨原虹彦本人であった。

「なぜ、あなたの名刺を持っていたのですかね」

松繁《まっしげ》という強面《こわもて》の刑事第一係長が、刑事部屋で安治川に聴取をした。

広いネットワークを持つ安治川であったが、この臨海署に知り合いはいなかった。

安治川は、橿原虹彦を訪ねた経緯を話した。

「そこまでするのは、消息対応室としては越権行為ではないですかな」

松繁は無精髭《ぶしょうひげ》をさすった。

「まあ、いろいろ御意見はあると思いますが」

安治川はそう答えるのが精一杯であった。

民間機関に依頼した鑑定の結果は予想どおりではあった。虹彦はそれがわかっていて、対照検体を提供したものと思われた。このあと、どう対応していこうかと思案していた矢先のことであった。虹彦が他界してしまった以上、新たな足がかりは見つからず、もはや手を引くことも考えなくてはいけなかった。松繁が言うように「越権行為」の可能性も充分あるのだ。

「橿原さんは、あなたたち消息対応室によって追い詰められたという解釈もできるかもしれないですな。遺書には、警察のことは何も書かれていませんでしたが、しつこく疑われることも自殺への加速になったのかもしれない」

「自殺という結論が出たんですね」

「遺書がありました。そして、屋上へと続く非常階段の下足痕《げそくこん》は一種類だけで、真っ直ぐに向かっていました。下足痕は、揃えられていた革靴のものと一致しました。非常階段にも屋上にも、争ったような形跡はなかったです。自殺以外の結論は出せませんな」

「あの、遺書が自筆ということは検証しはったんですか」

「それはまだです。四天王寺署に連絡して、遺族に来てもらいますが、そのときに念のために何か書き残したものを持ってきてもらうつもりでいます」

そうなると、また資料が用意されるという可能性がないとは言えない。

「今ここにあるわけやないですけど、筆跡対照資料がおます」

登山服や歯ブラシ類を借り受けるときに、持ち出しの同意書を虹彦に記してもらっている。安治川の眼前で書かれたものだから、それだと間違いない。

「まあ、そういうのがあるのなら、対照資料はそっちでもいいですな」

「虹彦はんのスマホはありましたか」

「ええ、ポーチに入っていました」

「見せてもらえますか」

「まあ、それくらいはかまわないですけど」

あまり通信のやりとりは多くはなかった。交友関係は狭そうだ。安治川は、自分が虹彦のところを訪ねた直後の通信記録がないかを確認した。虹彦が、安治川に家の外で待つように言ったときだ。やはり虹彦はその日時に発信と受信をしていた。その相手は〝杏里さん〟となっていた。

「こちらに来はる遺族というのは、養子縁組をした娘の杏里はんですか」

「養子縁組のことは安治川さんから今聞きましたが、われわれのほうで戸籍を確認したうえで、そうします」

「わしも会わせてもらえますやろか」

「会ってどうするんですか」

「借り受けた登山服などを返す必要があります。それから、もしも橿原虹彦はんをわしらが追い詰めて自殺への一因となったのやったら、謝らなあきません」

「謝って済むことですかね。この件は、監察官も動くかもしれませんよ」

「ええ、そうですね」

混乱する頭の中で、安治川は最悪の場合を想定した。消息対応室の解散だ。

刑事部屋の扉が開いて、芝が姿を見せた。

「お世話になります」

芝は、松繁たち臨海署の刑事に丁寧に頭を下げたあと、安治川の横に座った。

「府警本部から、事実確認をした上で出頭するようにと言われた」

「迷惑かけてしもてます」

「いや、私も安治川さんの提案に了解をしている」

「けど、わしが嘘の休暇願を書いて行動したことが始まりです。室長は事後了解みたいなもんです」

「安治川さん、反省はあとにしましょう」

「あ、はい」

松繁は、傷のなめ合いをするなよと言わんばかりの冷ややかな目で黙ってこちらを見てきている。

「自殺なんでしょうか」

芝は、松繁に確認する。

「ええ。遺書がありました。争った形跡もなく、足跡も一種類です。それも、屋上に揃えて置かれていた革靴の足跡です」

松繁は、遺書を芝に見せた。

「虹彦はんに書いてもろうた同意書と、この遺書の筆跡対照をお願いしました」

安治川が、硬い表情で遺書を読む芝に言った。

「それなら、留守番をしてくれている新月君に連絡して、こちらにファックスしてもらいましょう」

芝は、そう即断した。

ファックスが送られてきた。松繁が先に手にして、遺書と見比べる。

「同じ人物が書いたものですな。かなりクセのある字ですよ。お望みなら、鑑識課や科捜研に依頼することはやぶさかではありませんよ。原本同士を提出すれば、筆圧などの照合もしてもらえますからね」

安治川の目にも、遺書の末尾にある〝橿原虹彦〟と、同意書の〝橿原虹彦〟は同一の筆跡に見えた。

「これから府警本部に行ってくるよ。安治川さんはどうする?」

芝と安治川は、臨海署の庁舎を出た。

「虹彦が飛び降りたベイサイドNAビルという建物を見ておきたいです。あまり外に出歩かへんタイプの彼が、なんで大阪府南部のここで命を絶とうとしたのか、その理由がわかりませんのや」

「たしかにかなり遠くではあるが」

「直線距離にして三十キロは離れています。関西国際空港に特別な思い入れがあるようでもなさそうです」

「安治川さんは、他にも引っ掛かっているようだな」

「沢木杏里にとって、美味《おい》し過ぎる結果です。榲原夫婦が相次いで亡くなったことで、あの高額な真法院町の不動産を単独で相続でけます。しかも養子縁組ということなので、婚姻は自由です。待婚期間もなく、明日からでも可能ですのや」

良美も、「ひょっとしたら、この次は虹彦さんが危ないのやないか、と思っています」と懸念《けねん》していた。それが当たったことになる。

「そういう状況があることは否定できない。しかし、榲原通代が事故死であることは安治川さんも疑いようがないということだし、榲原虹彦が自殺だということも動かしがたいではないか」

「ええ、そのとおりです。けど、せやからこそ、でけ過ぎやないかという印象を拭えしません」

「気持ちはわかる。さっきファックスしてくれるように連絡したとき、新月君も『悔しさともどかしさで一杯です。けど、どうしようもないですよね。申しわけありません。うちがそもそもの原因です』と言っていた」

「わしも似たような心境です。行方不明者届の制度が悪用されたのなら、口惜しいです。せやけど、わしが虹彦はんを訪ねて会うたことで、彼の死の原因を作ってしもうたんやとしたら、えらい後悔します。それが自殺であっても他殺であっても……それだけやあらしません。こうして室長にも迷惑をかけて、もし消息対応室の将来を左右することになってしもたなら、断腸《だんちょう》の思いです」

「消息対応室の今後のことは、わからない。これまで少しは実績を残してきたつもりだが、警察というところは得点よりも失点を重く見ることは、大ベテランの安治川さんなら百も承知だよな」

「ええ」

だから、どうしても慎重に、そして消極的になってしまう。誤認逮捕で冤罪《えんざい》となるほうが、迷宮入りになってしまうよりも、大きな黒星だと捉える。その結果、未解決事件が増えてしまうことになる。

さらに、そもそも事件性があるかどうか微妙なときは、〝事件性なし〟として捜査をしないほうが無難ということになる。そのため、本当は犯罪であったのに捜査が開始されずに埋もれてしまうケースが出てくる。

「グレーゾーンを扱うという観点から、消息対応室の設置は意義深いと思いました。わしは、そこに配属されて嬉しかったです」

自発的な蒸発という一般行方不明者なのか、拉致などの特異行方不明者なのかの判定がグレーなときは、警察の消極的傾向からすると、事件性のない一般行方不明者に振り分けられがちとなる。それでは、全国で年間約九万〜十万人という膨大な行方不明者の中に、殺人が紛《まぎ》れ込んでしまう可能性が否定できない。

消息対応室は、そのグレーゾーンを送付してもらい、調査をすることで、これまでにも埋もれた殺人事件を明らかにしてきたことがある。

そんな存在意義のある消息対応室を、消滅させてしまってはいけない。だが、安治川はその危機を招いてしまった。

「安治川さん。動きたいだろうが、ここは控えてくれるか」

「ビルを見にいったら、あきませんか」

「いや、見にいくことまでは止めない。ただ単に見るだけなら、何の化学反応も起こさないからな。しかし、新月君のように沢木杏里と言い合ったり、安治川さんのように橿原虹彦のところを訪れたりしたら、思わぬ反作用を招く」

「そうですね」

「とはいえ、じっと座して死を待つようなことは、私も嫌いなのだ。それだけはわかってほしい」

芝は「死」という言葉を使った。あるいは消息対応室の解散をすでに匂わされているのかもしれない。

安治川は、ベイサイドNAビルに足を運んだ。

非常階段には、立ち入り禁止のロープが張り渡されている。転落した駐車場のアスファルト部分にはブルーシートが敷かれている。しかし、立ち番の警官はいない。自殺事件ということだからだろう。

一階の釣具店も営業している。これまでの安治川なら、死体発見者という店主に話を聞こうと店に入っただろうが、それはしなかった。ロープを乗り越えて屋上に上がるということも、もちろんしない。屋上の現場写真は、臨海署の松繁が見せてくれた。遮音壁《しゃおんへき》を伴った高速道路がすぐ側なので、それほど眺望がいい屋上ではない。海は見えるが、関西国際空港の全景が見渡せるといったことはない。樫原虹彦にとって思い出の場所が望めるといったロケーションでもなさそうだ。

最優秀賞のトロフィーが屋上に置いてあったということだ。唯一とも言える自分の勲章だから死への旅にお供させたいということだろうか。

（せやったら、一緒に持って飛び降りてもええんとちゃうやろか）

遺書には、トロフィーを誰かに託するといった記載はなかった。

（弟子であり、養女である杏里に向けた言葉もあらへんかった。杏里は残された子という立場になるのや。いくら実子やのうても、何らかの最後のメッセージを書いておくのが普通なんやないのか）

芸術で生きる厳しさと、わがままな妻と結婚したことへの悔いは、書かれてあった。自ら死を選ぶという意思も記されていた。

（もうこの世に未練はありません、という一行にも違和感を覚える）

良美が、四天王寺署で見かけた虹彦は、杏里に柔和な顔を向けていたという。杏里とこれから過ごせる時間があるのに、未練がないわけがない。

もしも杏里には日下部という存在が付いているという裏切りを知ってしまって失望したのなら、それに対するコメントがあってしかるべきだ。そのときは最後のメッセージに、杏里への恨み言を残すほうが自然ではないか。

（そもそも、〝もう生きていくのが嫌になりました〟で始まるあの遺書は、誰に向け

たものなんやろか)

少なくとも宛名はない。登場するのは〝両親〟と〝妻〟、そして〝死体を片付けてくれる人〟だ。

(せやけど、あの遺書は虹彦の自筆やさかい、偽造は考えにくい)

安治川の目からも、同意書の筆跡と同一と思えた。もしも脅されて書いた状態なら、筆が乱れることが往々にしてあるそうだが、そうは見えなかった。

安治川は、ブルーシートの横まで歩を進め、ビルを見上げた。十一階建ての高さだから、転落したなら、まず即死だろう。ビルの屋上には手すりが設けられているのが下からでも見えるが、それほど高いものではない。

ブルーシートから、ビルの端まで歩測をしてみる。

(そんなに離れてはいいへんな)

ビルからの飛び降りの場合、遺体とビルの端との距離が自他殺判断の材料の一つとなることがある。自殺の場合は、覚悟を決めてエイヤッとダイブする。その勢いがつくから、放物線を描くことが多い。ビルの端との距離は、いきおい長くなる。

それに対して、突き落とされる場合は死にたくはないのだから、手すりやビルの雨《あま》樋《どい》などにしがみついたりして、抵抗を試みる。そのためビルの端との距離は短くなり、ほぼ直下の地点に墜《お》ちることもある。

（距離だけからしたら、他殺のカテゴリーやけど）

すべてのケースに当てはまる公式ではない。自殺でも、ためらいながら直下に墜ちることもあり、他殺でも二人の犯人に両手と両足を持たれてセーノと放り投げられたら放物線を描くことになる。

争った形跡がなく、揃えて置かれていた革靴のみの足跡で、自筆の遺書もあったのだから、自殺という結論は簡単には揺るがない。

（すべての自殺者が、深い意味のある場所を選ぶとは限らへん。以前に通りかかっただけ、というケースもある）

たとえば、かつて虹彦は友人に同行してドライブしたときに、友人が釣具店で買い物をしたいと言ったので、車の中で待つことにした。退屈なのでビルを眺めていたら、鎖を乗り越えたなら非常階段から屋上にいけることがわかった——そんな記憶が彼に残っていたので、ここにしたのかもしれない。

ベイサイドNAビルの外観をスマホカメラに収めたあと、臨海署の前まで引き返して身を隠して待つことにした。遺族としてもうすぐ沢木杏里がやってくる。いったんは「わしも会わせてもらえますやろか」と松繁に言ったが、それは撤回した。ここで下手に杏里に尋問しても、成果は少ない気がする。突っかかられてトラブルになることも避けなくてはいけない。

そうではなく、沢木杏里がどんな表情をして出向いてくるかを観察したかった。してやったりの感情が表われているか、それとも自殺は予想外という顔つきなのか……。

そして、日下部崇明は同行してくるだろうか。

幸いにも、安治川はまだ杏里と会っていないので、面が割れていない。安治川のほうには、南河内署の浅野からもらった写真がある。

かなり待つことになったが、杏里はやって来た。セダン車を署の玄関近くまで乗りつけて、助手席から降りていく。残念だが、長い黒髪に隠されて横顔の一部しか見えない。

その点では収穫はなかったが、セダン車を運転してきた若い男が車外に出て、臨海署に入っていく杏里の肩を軽く叩いて見送るところを目撃することができた。あれが、おそらく日下部崇明ではないか。良美に確認してもらえば、すぐに判明する。安治川は、気づかれないように写真を撮った。

日下部とおぼしき男は、車を駐車スペースに動かしたあと、そのまま車内で待った。

そしてスマホを取り出して、誰かと話していた。短い通話であったが、彼は二度ほど電話の相手に向かって頭を下げていた。あるいは仕事先の上司なのか。きょうは平日だから、展示場の勤務を一時的に抜け出させてもらったのかもしれない。

杏里は、予想したよりもずっと早く出てきた。今度は、表情が窺えた。少し上気しているように見えたが、喜怒哀楽の感情は浮かんでいない。

日下部とおぼしき男は運転席から出ることなく、助手席に杏里を乗せて、ゆっくりと発進していった。

3

消息対応室に戻ると、良美がしおれた花のようになっていた。まだ芝は報告に行った府警本部から帰っていないようだ。

「安治川さんを巻き込んでしもうて、ほんまかんにんです。まさかこんなことになるとは……」

良美は、うなだれた頭をさらに深く下げた。

「いや、巻き込まれたなんて思うてへんで。わしは自分の判断で動いたんや」

安治川は、自分の席についた。

「やはり遺書は、虹彦さんが書いたものでしたか？」

「ファックスを送ってくれておおきに。臨海署は鑑識課か科捜研に回す意向やそうやが、偽造ということはまずあらへんやろ」

「通代さんの事故死に続いて、今度もまた事件性なしとなるんですね」

「事件性があらへん以上は、警察は手出しがでけへん。もしも仕組まれたものやったら、ほんまに巧妙やで」

「ましてや、うちらは刑事部や刑事課の人間やないですからね。それやのに、うちはファミレスの前でトラブルを起こしてしまいました」

「せやけど、そのおかげでわかったこともあるんや。その時刻に、わしは虹彦はんのところを訪ねていたけど、彼から沢木杏里に電話がかけられていた」

臨海署で見せてもらった虹彦のスマホに通話記録があった。そのあとすぐに、杏里から折り返し通話の受信もあった。虹彦のスマホには、日下部崇明とのやりとりはその日を含めて一度もなかった。日下部に限らず、登録者自体が少なかった。やりとりの大半は、杏里とのものであった。

「この男が、日下部崇明やな？」

安治川は、撮ってきた写真を良美に確認してもらった。

「そうです」

「臨海署まで、沢木杏里を送り迎えしとったで」

「黒幕は、日下部崇明ということなんでしょうか。短期間の勉強で宅地建物取引士に合格したということですから、かなり頭も良さそうです」

「養子縁組ということにしたのも、彼のアイデアかもしれへん。橿原夫婦が死去したことでトクをしたのは、確実にあのカップルや」

「けど、トクをしたということのみで、追い詰めることはできひんですね。動機があるだけでは……」

「そうなんや。けど、疑問点が解けたわけやないんやで。金剛山で滑落死したのは別人の女性やないかと、わしは今でも思うてる。判別しにくい写真をつこうたんも、計算ずくやったと……ただ、その立証ができへん。今回の虹彦はんの死についても、自殺動機がようわからへんままや。あの遺書には、『もうこの世に未練はありません。自ら死を選択することで、人生のピリオドを打ちます』と自殺であることは明記してあったけど、理由として自分の芸術の才能に限界を感じ、わがままな妻のために家庭の団らんがなかったことが記されていただけや。それって今に始まったことやないんとちゃうやろか」

「杏里ちゃんが日下部君と繋がっていて、裏切っていたということは書かれていなかった……つまり、気づいていなかったということですよね」

「わしが訪れて追及したときに、虹彦はんが彼女に連絡していることからしても、険悪な関係になっているとは思えへん」

「遺書には、杏里ちゃんのことについては何も書かれていなかったのですね」

「あらへんかった」

安治川は、コピーさせてもらった遺書を拡げて、良美に見せた。

「わがままな妻である通代さんはこの世からいなくなったはずなのに、どうして愚痴を……やはり通代さんはまだ生きているということでしょうか」

「この遺書からだけでは何とも言えへん。ただし、沢木杏里のことが、彼の最期《さいご》の心になかったというのは不自然や。裏切りを知らなんだなら、〝先だってしもうてごめん〟と書き残すやろし、逆に裏切りを知ったなら、それを嘆いて彼女に対して何らかの糾弾の言葉を記すやろ」

「裏切られたので失望した、ということのほうが、自殺の誘因になりますよね」

安治川が虹彦のところを訪ねて検体を受け取り、指紋鑑定とＤＮＡ鑑定を待っているうちに、約十日間が経過した。安治川も良美もその間は動いておらず、虹彦と杏里との間に、何かがあったのかどうかは知るよしもない。ただ、どちらにしろ、虹彦の心を大きく占めていて養子縁組までした杏里について、遺書でノータッチということは腑に落ちない。

消息対応室の扉が静かに開いて、芝が帰ってきた。

「お疲れ様です」

良美が頭を下げて、茶を淹《い》れようとする。

「さっき自販機で買ったから、いいよ」

芝はペットボトルを見せる。

「そうですか。それでどうだったんですか？　府警本部は」

「細かいことをいろいろ言われ過ぎて、忘れてしまったよ」

芝はほんのわずか苦笑を見せた。

「それより、安治川さん。ここに帰る途中で、臨海署の松繁さんに電話を入れて訊いたんだが、沢木杏里、いや養子縁組したから正確には橿原杏里だが、彼女は虹彦の遺体を直葬にはしないで、葬祭センターで通夜と葬儀をすると言ったそうだ」

「そうでしたか」

「通代の場合とは違うな。表面から見れば、虹彦は通代に愛想を尽かしていたから簡素な直葬を選び、杏里は師匠でもあった虹彦に敬意を込めて葬儀をする、ということになるかもしれない。しかし、穿《うが》って見ることもできなくはない」

「ええ、でけますな。通代のときは、早いとこ火葬にして遺体を処理したかった。けど、今回の虹彦はその必要はあらへん、と」

「そうだな。府警本部は、遺書に警察への非難が書いていないことを重視している。もし警察に抗議しての自殺だったら、世間やマスコミから批判を浴びて炎上しかねないことになっていた、と」

「けど、それも穿って見ることはでけますな」

安治川は、遺書のコピーに指を置いた。

「穿って見るって、どういうことなんですか？　遺書は、虹彦さんが書いたものではないということですか」

良美が声のトーンを上げた。

「いや、筆跡からして、それは言えない。筆跡鑑定はまだだが、一致という結論が出ることはまず間違いないな」

芝は小さく首を横に振った。

「虹彦はんは、訪れたわしにかなりの勢いで抗議をしてきました。せやけど、鑑定の検体は提供しました。虹彦はんとしては、自信があったさかいに検体を出してきたんですやろ。そして、わしらが民間機関に依頼した結果は、虹彦はんの期待どおりの合致《がっち》となりました」

安治川は、棚に置かれたビニール袋を指さした。

良美も棚に視線を移す。

「あ、そうか。穿って見るという意味が分かりました。虹彦さんとしては、うまくいっていたんですよね。うちらに追い詰められていたわけではなく……その意味でも、自殺の必要はあらへんですよね」

「しかも鑑定結果は、まだ伝える前だった。普通なら、どういう結果になったか、気になるはずだ。自分に嫌疑が掛かっているのだから。たとえ充分に自信があったとしても……それを知る前に自殺をするだろうか」

芝はそう言ったあと、ペットボトルの茶を一口飲んだ。

「室長、この先わしらはどうします？」

「府警の幹部さんたちは、職務外行為だとおかんむりだ。『遺書に非難が書かれていなかったから、おまえたちは首の皮一枚繫がった。幸運に感謝しろ』と言った幹部もいた」

「そんな……」

良美は唇を尖《とが》らせた。

「疑問点は残るが、これ以上は深追いとなる」

「つまり、打ち切りということですか？　この案件に最も関わって事情をよう知っているのは、うちらです。うちらが諦めたら、疑問も闇の中です」

「監察官からは『新月巡査長は、沢木杏里という女のせいで左遷されたので、その意趣返しを無理にしようとしているのではないか』と言われた」

「そんなことはありません。絶対にちゃいます」

「私も安治川さんも、それはわかっているさ。だけど、消息対応室以外の人間はそうは捉えない」

「そしたら、もうどうしようもあらへんのですか」

良美は縋《すが》るように芝を見た。

「新事実でも出ない限りは……」

芝は首を左右に振った。

「そんな……あ、けど、新事実を見つければ、いいんですね」

「そう簡単にはいかないさ。われわれは、沢木杏里にも日下部崇明にも接触することはできない。事情聴取はもちろん、会うこともダメだ」

「そやけど、あの検体は遺族である沢木杏里に返却せなあきません」

安治川は、再びビニール袋を指さした。

「それは郵送すればいい。接触は厳禁だ。いいな。われわれは完敗なのだ」

芝は、狭い室内に響き渡るほどの大きな声で言ったあと、小さく付け加えた。

「現段階ではな」

第六章

1

安治川は、金剛山へ向かった。

科捜研による遺書の筆跡鑑定が出た。筆圧の対照を含めて、ほぼ十割の確率で本人が書いたものであると断定できるということであった。

橿原通代は事故死、橿原虹彦は自殺、ということで、事案は結了《けつりょう》した。

いったん発した言葉は取り消したり訂正したりできないという〝綸言汗《りんげんあせ》の如《ごと》し〟の格言は、為政者《いせいしゃ》に使われることが多いが、警察の判断も同じだ。

（せやけど、人間のやることに誤りがゼロということはあらへん）

逮捕されて、裁判でも有罪となった人間が、再審で無罪になったケースは過去にいくつもある。その中には死刑判決が最高裁で確定しながら再審で覆《くつがえ》った事案も、複数存在するのだ。科学捜査や鑑定技術が発達して、取り調べの可視化が導入された現代でも、冤罪は絶無にはならない。

逮捕された場合は、まだそうやって裁判で覆される手続と機会が与えられている。だが、事件性なしと確定した場合は、警察が捜査権をほぼ独占している以上は、再び捜査がされることは、まずない。裁判のような他機関によるチェック機能がなく、犯罪が見のがされたままになってしまうのだ。

（それでは、不公平な世の中になってしまいかねへん。被害者としては浮かばれへんままなんや）

河内長野《かわちながの》駅から、南海《なんかい》バスに乗って、金剛山ロープウェイ前のバス停で降りた。

安治川は、大阪で生まれ育ったが、金剛山に登るのは初めてであった。比較的近くにある千早赤阪《ちはやあかさか》城址《じょうし》までは一度行ったことがある。楠木正成《くすのきまさしげ》の活躍舞台となった史跡である。

ロープウェイに乗れば、比較的容易に山頂付近へは行ける。山頂の近くには、ライブカメラが設けられていて、一時間に一度、現在の様子をネットで写真配信している。そのライブカメラ画像に映るのが、登山者の間で小さなブームになっているそうである。

「安治川さん。お待たせしました」

ロープウェイ場に隣接する駐車場から、大柄な中年男がのっそりと現われた。

「石栗《いしぐり》はん。日曜日にえらいすんません」

安治川は、両親の介護を長きにわたって行なった。脳梗塞を患った父親は、リハビリを要し、安治川は何度も付き添ったが、その担当をしてくれた理学療法士が石栗であった。まだ若かった彼が、この千早赤阪村に隣接する河南町《かなんちょう》在住で、高校ではワンダーフォーゲル部所属だったことを話していたことを思い出して、勤務先の病院に連絡を取ってみた。彼は、金剛山のことはある程度わかるので案内役をしてもいいと快く引き受けてくれた。警察でのネットワークも重要だが、さまざまな人生の局面で知り合った人たちとの出会いも大切だと改めて思った。

「きょうは天候が穏やかでよかったです。でも、気をつけて行きましょう。標高千百二十五メートルだから日本アルプスなどに比べたら取るに足らないと舐《な》めてかかったら、遭難してしまいます。傾斜のきつい鬼ルートもありますし、初心者を跳ね返すような難コースもあります。めったに人が来ない場所では、鎖もロープも設けられていないことも多いです。念のためにヘルメットを持ってきたので、どうぞ」

「おおきに」

機動隊や白バイ勤務経験のない安治川は、警察学校での訓練以外でヘルメットをかぶったことがない。

「軽アイゼンも持ってきたので、途中で履き替えましょう」

石栗は、背中のリュックを叩いた。安治川は、言われたとおり沢靴を履いてきた。

「よろしゅう頼んます」

「それにしても、かなり珍しいルートですね。私は初めてです」

南河内署の浅野のところを訪れたときに撮らせてもらった写真の中に遺体発見現場の地図があったので、その画像を事前に石栗に送っておいた。同じ登山着の女性が一人で当日の朝に登っていく姿は、麓にある木材集積場に設けられた防犯カメラが捉えていた。まずは、その木材集積場に行ってからスタートをする。

橿原夫妻の相次いだ死は、沢木杏里ならびにその交際相手と思われる日下部崇明にとって、棚からボタ餅程度ではない美味し過ぎる結果となった。通代の事故死、虹彦の自殺死とも、その判断自体は動かしがたいが、疑問は残ったままだ。だが、もう結論は出されて〝綸言汗の如し〟である。

（せやけど、考えることは許される）

沢木杏里や日下部崇明に会ったり、質問したりすることはできない。しかしたとえ彼らには接触はできなくても、事実関係を洗い出して、調べることは不可能ではない。まずは、それを積み重ねていくことだ。

「私の知人は、丸滝谷《まるたきだに》コースと呼ばれるルートで滑落して足を骨折しました。渓谷や滝周辺は、濡れやすいのでそれだけ危険です。妙見谷《みょうけんだに》コースも難しいです。他にも危険なルートがあって、過去にはお六《ろく》さんも何人か出ているそうですよ」

「お六さん？」

「山での遭難死体のことです。南無阿弥陀仏の六文字に由来するそうです。友人の場合は同行者がいましたので、助けてもらいましたが、単独登山というのはヤバイですよね」

「単独というのは少ないですか」

「いいえ、一人というかたもわりと見かけます。さっきも言いましたように、標高は千百メートル余ですから」

「こういった装備を持ってはったら、山岳歴はベテランですやろか」

虹彦が入らせてくれた通代の部屋にあった登山道具類の写真を見せる。

「これは、かなりのものですね。金剛山どころか、いろんな高い山に登っている経験者だと思います。使い込んでいて、年季も入っていますね」

「せやけど、この人が登山をしていると知ってはる学生時代の友人は誰もいやはらへんかったんです」

「へえ、そうなんですか。ずいぶん若いころから登っているような印象を受けますが」

「そういうキャリアや登山歴を知る方法は、ないですやろか」

「いやあ、網羅《もうら》的に把握《はあく》されている履歴《りれき》はないと思います。山岳会や山岳連盟といった団体に加入していればある程度はわかるかもしれませんが、任意の団体ですからね。山によっては、入山届を出すことが求められていますが、これも強い義務だと考えていない人もいます。平成二十六年の御嶽山《おんたけさん》噴火では入山届を出さなかった人が多くて、身元不明者の把握が難しかったと現地ガイドさんに聞いたことがあります」

「山岳保険というのも、任意のものなんですね」

「ええ、そうなんです。入っていれば登山歴がわかることもあると思いますが。さあ、頑張って行きましょうか」

登山経験がほとんどない安治川にとっては、予想していた以上にきつかった。歩きにくくて足首がすぐに悲鳴を上げた。先導する石栗は無理のないゆっくりなペースで、気を遣いながら何度も休憩をしてくれたが、それでも息が上がった。冬なのに、身体が熱い。

ただ途中までは、それほど危険な箇所は少なかった。勾配《こうばい》も急ではなく、鎖やロープが張ってある箇所もまだなかった。

「道迷いを防ぐために、目印テープが付けられている場所も多いんですが、このコースには見当たらないですね。それだけ、あまり使われていないルートだということですね」

石栗は時折、草木を小さなナタで払いながら進む。けもの道のようなものすらなくて、それだけに足首に負担が掛かる。

「なんで、こういう難儀なルートを選ぶんですやろか？」

「理由は、人それぞれですね。未踏感《みとうかん》がいいと感じることもあるでしょう。こうして雪が少し積もっている冬場はとくにそうです。誰の足跡も付いていないのですからね。あるいは、これまでに使ったことがない別のルートを行ってみたいという思いもあるでしょう。少しずつ困難なルートに挑戦するという人もいます。そのほか、知らないハイカーと挨拶を交わす山の習慣が嫌いだから、めったに人が来ない珍しいルートを使うという登山者も中にはいます。えっと、安治川さん。ここから先は危ない場所になりそうです。今まで以上に気をつけてくださいね」

「はい」

少し進むと、角度がきつくなった。左手に岩がせり出していて、右手にはかなり急な渓谷が現われた。

「いったんここで停まりましょう。足元にくれぐれも注意してください」

「滑落場所は、近いんですか」

「たぶん、もうすぐですね」

石栗は、地図で確認した。

「ここから先は、私一人で行きます。正確な場所がわかったら戻ってきますので、待っていてもらえますか」

山頂に行くのが目的ではない。どのようなコースを歩んでいて、どこで滑落したのかを、この目で見ておきたいのだ。

「わかりました」

水を飲んで一息入れたいところだが、リュックを降ろせる場所がない。下手に動いたら、バランスを崩してしまいかねない。ここは、じっと我慢だ。

石栗は、雪の地面に足跡を付けながら、前進していく。安治川が停まった地点までは、安治川の足跡も残っている。もしも〝橿原通代〟が単独登山ではなくて同行者がいたら、二種類の足跡ですぐにわかったはずだ。

しばらくして石栗が戻ってきた。

「もしかしたらこの先にある樹氷の絶景が見たくて、ここまで登ってきたのかもしれませんね」

「樹氷ですか」

「私も知らなかったのですが、ここを登っていくと、渓谷に生えた木々が覆い重なるようにして幾何学模様《きかがくもよう》のように枝を伸ばしています。気温が低い日の朝のうちなら、そこに樹氷という白銀の輝きが加わります。自然が作り出した造形美を独り占めできるわけです。金剛山の他の場所でも樹氷は見られますが、ここには独特の美しさがあると思います。さらに、せり出した枝が、ハートマークのようになって見える地点もありますよ。滑落者は、女性でしたね」

「ええ」

「男性の場合は、道なき道を突き進む征服欲があると言われていますが、女性の場合は高山植物や雪景色に惹かれることも多いそうですよ。あともう少し登りますか？雪だけでなく落ち葉も残っていて足元は危ないですが、できるだけ掻き分けておきました」

「行ってみます」

石栗は、左官屋《さかんや》が使うようなコテを手にしていた。

安治川は、〝おまえはまだまだ若い〟と自分に言い聞かせる。高校時代にラグビーで鍛えた足腰は、同年代の者より強靭《きょうじん》なはずだ。

「万一のため、私の腰と安治川さんの腰を繋ぎましょう」

「お願いします」

繋いだロープのおかげで、少し安心できた。待っている間に身体は冷えて、足首の痛さも増していたが、もうすぐ終わると思うと前に進むことができた。

「おそらく、あそこの急斜面から滑落して、下の渓谷に墜ちて頭を打ってしまったのでしょう」

冬場ということもあって、ほとんど水が流れていない渓谷のところどころに岩や大きな石が点在している。

「すんませんが、わしの身体を支えてもらえますか。写真と照合したいんです」

片手だけで南河内署からもらった写真を取り出して、確認する。この先に見えるさらに傾斜のきつい坂の画像がある。ここまでも登りだったが勾配はぐっと上がる。そしてその真下の渓谷に遺体が写っている。

「もしかしたら、樹氷の美しさに視線が奪われて、足元への注意が散漫になったのかもしれませんね」

「仮定の話ですが、同行者がいたとして、突き落とすことは可能ですやろか」

「絶対に不可能ということはないかもしれないですが、落とすほうも危険ですよ」

「そうですね」

「それに、渓谷に滑落したからといって、岩に頭部をぶつける確率は十分の一くらいしかなさそうです」

たしかに、岩はところどころにしかない。腹や胸を打つ確率はもっと高いだろうが、それでは即死状態にはならないだろう。

「滑落者は携帯電話を持っていたのですか」

「ええ。でも救助を求めた履歴はありませんでした」

石栗は、器用に携帯電話を取り出して確認した。

「いいですよ」

「ここには電波が届きますね。金剛山には、圏外となるエリアもあるんです。それで、登山道には五十ヵ所ほど電波が繋がる地点であることを示す〝コールポイント〟の標識が立てられています。電波は届いたけれども、救助を求めることもできないほどの頭部の激突だったのでしょうね。お気の毒に」

携帯電話をしまった石栗は、渓谷に向かって片手を立てた。両手で合掌《がっしょう》するのは危険だ。危険だが景色は美しい。

「おおきに。戻りましょう」

確認できた以上は、早く安全な場所に移動すべきであった。

同行者がいて、即死を狙って突き落とすということは、確実なやりかたではないことがわかった。足跡も、橿原通代とされた女性のもの以外はなかったのである。

(遺体発見者の足跡は、どないやったんやろか)

いったん石栗を待っていた地点まで戻ることができて、人心地がついた安治川は南河内署の現場検証資料を映した画像を再生した。発見者は、渓谷沿いに歩いていて、倒れた遺体を見つけて通報したということであった。

「この渓谷を歩いても、さいぜんと同じような絶景を見ることはでけますか？」

「どうですかね」

石栗は下を覗《のぞ》き込んだあと、安治川の腰を結わえていたロープを一度ほどいて、太い木の幹に巻いた。

「確認してきます。安治川さんは、ここで待っていてください」

石栗は、渓谷への崖をスルスルと降りていった。渓谷に着くと、ロープをほどいて渓谷を軽い身のこなしで歩いていく。彼くらいの上達者といっしょなら安心なのだが、それでもさっきの滑落現場は怖かった。

「上からのほうが、いい景色ですね。ほとんど水量がなくて無骨な流れで、樹木の枝の重なり具合も下からは雑に見えます」

石栗は再びロープを身体に結わえると、そう評しながら登ってきた。

「渓谷沿いに歩く良さはあるんですやろか」

大阪市北区に住む伊勢戸《いせど》勝浩《かつひろ》という四十八歳の男性が発見者だった。彼も単独行であった。通報時刻は、午後三時半過ぎとなっている。

「好みや楽しみかたは、まさしく人それぞれなんです。山に登るのはそこに山があるからだ、という名言があります。理由を訊かれても、うまく説明できるものではないかもしれません」

「そらそうですね」

石栗の言葉に納得しながらも、安治川はどこか割り切れないものを感じていた。あまり人の通らないルートということだから、もしその日のうちに遺体が見つからなければ、翌日以降になっていただろう。

櫨原通代の行方不明者届は、同じ日の午後二時半ごろに仮受理されていた。遺体は、携帯電話やクレジットカードを有していたので、南河内署から住所地である四天王寺署に照会がいき、行方不明者届が死者の身元確定補強に使われ、櫨原虹彦へ連絡がいき、遺族による身元確認となった。

（タイミングが良過ぎるんやないか）

夫である櫨原虹彦と弟子だという沢木杏里の複数人の確認で、滑落した死者が櫨原通代であると確定して、虹彦の希望で直葬となった。写真の顔が小さいということで仮受理となっていた行方不明者届は不要となり、返却された。

南河内署にも四天王寺署にも、落ち度はない。だが、あまりにもすんなりといってしまっていることは否めない。

その虹彦がビルから飛び降りて亡くなったことで、重要関係人が消えた。検証もやりにくくなってしまった。

「おおきに、ほんまお世話になりました」

「お役に立てたなら嬉しいです。私もこれまで知らなかった穴場の絶景を見ることができて、よかったです」

石栗に御礼の高級ふかひれラーメンをご馳走したあと、安治川はいったん家に戻って着替え、北区茶屋町《きたくちゃやまち》に向かうことにした。

大阪屈指のターミナル駅である阪急《はんきゅう》電車梅田《うめだ》駅の南側の改札口を出れば、大型デパートなどの商業施設が立ち並び、その下には日本最大級の地下街が蛸《たこ》のように足を伸ばしている。

梅田駅の北にある改札口を出れば、その東側が茶屋町エリアだ。旧能勢街道《きゅうのせかいどう》沿いに三軒の茶屋があったことが、名前の由来《ゆらい》だという。

大阪市内中心部は太平洋戦争の空襲で焼け野原状態になったが、この茶屋町には例外的に難をのがれた家屋も多かった。戦後は古い木造家屋もたくさん残っていたが、昭和の終わり頃から再開発が進んだ。毎日放送が本社屋を千里丘陵《せんりきゅうりょう》から移転し、梅田ロフトが開業したことが発端とされている。そのあと、ちゃやまちアプローズやNU茶屋町がオープンして、若者向けの街となった。

金剛山での遺体発見者である伊勢戸勝浩は、表通りから少し入ったところにある七階建てのマンションの最上階に住んでいた。一階は駐車スペースとエントランスになっている。エントランスの横に設けられている集合郵便受けで確認すると、最上階は〝伊勢戸〟だけだ。あとの二階から六階まではそれぞれ四、五室が入っている。ところどころ表示がないのは、空き室ということだろう。マンション名が〝ジャルダン・デ・イセ〟となっていることからしても、伊勢戸がオーナーをしていることが窺える。

安治川は、周辺を少し歩いた。金剛山から家に帰ったとき、刑事部時代にたまに使ったことがあるライトグレーの作業着に着替えた。胸に〝都市設計（株）〟という縫い付けがしてある。小道具として、胸ポケットに三角スケールを入れて、地図を手にしている。

開発に携わる設計業者のような外見を装うと、若者の街であってもとくに違和感はなく、ウロウロしていても不審がられることもなく、聞き込みもしやすいのだ。

どんどん商業化が進んでいるエリアであるが、昔ながらの家屋や店舗も点在している。そんな一軒の小さな酒店を見つけて入ってみる。

暇そうに店番をしている女性はかなり高齢だ。今夜呑《の》むビールを二缶買ってから、訊いてみる。

「少し南に行ったところにある伊勢戸さんは、以前からここにお住まいなんですやろか」

「ええ、そうですよ」

「勝浩というかたが、あのマンションを建てはったんですか」

「いえいえ。勝浩さんは入り婿《むこ》ですよ。勝浩さんが娘の世津子《せつこ》さんと結婚する前に、父親である景太郎《けいたろう》さんが、商売をやめて、思い切って建て替えはりましたのや。うちの家も考えたのですが、景太郎さんところみたいに広くはないですさかいに、賃料収入で生活していくことなんか無理ですよ」

〝ジャルダン・デ・イセ〟は、この酒店の十倍ほどの敷地がある。

「元は何屋さんやったんですか」

「銭湯《せんとう》やったんですよ。景太郎さんは、働き者で才覚もありました。お人柄もよくて、うちでよう清酒を買うてくれはりました」

「買うてくれはりましたと過去形ということは、もうお亡くなりに？」

「いえいえ、そんな縁起でもない」

「すんまへん。ご無礼しました」

「そやけど、買ってくれはることは二年ほど前からめっきりなくなりました。あまり元気やおへんのですね。そのころ、娘の世津子さんがタクシーを呼んで、景太郎さんを乗せていくのを見かけて、お声かけをしたら『病院に行きます』ということでした。景太郎さんはすっかり痩せて、杖をついてはりました。それでも、私を見たら、丁寧《ていねい》に頭を下げてくれはりましたね」

「娘の世津子はんが面倒みてはるのですか」

「ええ。世津子さんが、景太郎さんと同居してはりますから」

「景太郎はんに、他にお子さんは？」

「息子さんが二人いやはります。上の息子さんはとても秀才で、うちの息子と同級生でしたがえらい違いで、アメリカの大学で研究者をしてはるということです。下の息子さんは広島《ひろしま》に住んではると聞いてます」

「勝浩はんは、登山をしはるのですか」

「ええ。若い頃は、山登りの恰好《かっこう》をして夫婦で出かけはるところをお見かけしたことがありましたね。最近は知りませんけど」

「勝浩はんは、こちらでお酒を買わはるのですか」

「いいえ、あの人はとてもいい体格なので飲んべいに見えますが、下戸《げこ》ということで全然です。世津子さんも飲まはらしませんね。それで、景太郎さんのマンションは建て替えになるんですか」

「まあ、そういうわけでもないんですけど」

安治川は笑ってごまかした。

安治川はさらに近くを回った。小さな店構えの八百屋がシャッターを降ろしかけていた。

「銭湯をしてはった頃の伊勢戸さんのところへは、よう配達しましたよ。奥方が野菜好きで、お得意様でした」

「奥方というのは、景太郎はんの嫁はんですね？」

「ええ、そうです。でも病気でお亡くなりになって、娘さんが台所をになうようになってからは、あまり縁がなくなりました。少し足を延ばせば、立派なデパートもスーパーもありますからね」

「娘婿の勝浩はんは、どこかにお勤めなんですやろか」

勝浩が遺体を発見して通報したのは、平日だった。

「さあ、よう知りません。何かの評論家をしてはるということですけど……ただ、景太郎さんの奥方が愚痴ってはったことはありますね。『うちの婿は男前で背も高くて見栄《みば》えはいいけど、カイショなしだ。結婚前にもっと反対しておくべきだったけど、今さらどうしようもない』と」

「勝浩はん夫婦に子供は？」

「いないと思いますよ。奥方は、孫を早く抱いてあやしたいと言うてはりましたけどね。それで、伊勢戸さんのマンションは建て替えになるんですか？」

ここでも同じ質問をされた。

2

「少し調べてみるか。第一発見者を疑え、というのは鉄則の一つだからね。今回は殺人事件ではないが」

芝は、安治川の話に耳を傾けてくれた。

「昨日初めて登りましたんやけど、金剛山は思うていたよりもずっと広い山域で、ルートもさまざまなものがありますのや。当日は、冬のシーズンの平日で、しかも天候が悪かったんです。橿原通代はんの死亡推定時刻は、午前十時から十一時くらいです。その日の午後二時半過ぎに行方不明者届が出されて、午後三時半過ぎに遺体発見やなんて、なんやタイミングが合い過ぎますで」

良美が大きくうなずいてから続いた。

「うちも、行方不明者届が早かったことには、ずっと引っ掛かっています。普通は、日付が新しくなっても帰ってこないとか、朝になっても戻ってこない、といった不安になる要素があって、届け出ると思うんです。それも、女子中学生とかではなく、五十一歳の成人女性ですよ。四天王寺署は、『認知症の傾向があるので』と虹彦さんに言われたそうです。認知症なら家族はたしかに心配はしますけど」

「外反母趾の手術をした病院の医師は、『通代さんは初期の認知症の兆候があるように見受けられました。垣間見える程度の予備軍的なものでしたが』と言うていた。その点では合致はするんやが」

「せやけど、初期とはいえ認知症の傾向がある者が、一人で装備をして冬の山に出かけますか？」

「それは、わしも昨日行ってみて思うた。かなり難しいコースや」

芝が確認するように訊いた。

「昨日、安治川さんが動いた限りでは、橿原夫妻と伊勢戸勝浩に、何らかの繋がりや関わりがあることはわからなかったんだね」

「ええ、そうです。けど、共通項というほどのもんやおへんけど、似たとこは感じました。まず、どちらも大阪市内の地価の高い場所に住んでいます。真法院町は住宅地で、茶屋町は商業地という違いはおますけど。そして橿原虹彦はかつて最優秀賞をもろてはいますけど、今はそんなに売れてへん芸術家です。橿原通代は、ほとんど作品もあらしません。収入の少なさは、虹彦の親の遺産でカバーしてたと思われます。一方、伊勢戸勝浩のほうは、義父である伊勢戸景太郎が建てたマンションに住んでいて、仕事のほうは演劇評論家ということでした」

昨日八百屋で聞き込みをしているところへ、主人の友人が訪ねてきた。近くの理髪店主で、仕事終わりに二人でカラオケに行く約束だということで上機嫌だった。理髪店主は、景太郎が常連客として来てくれていて、理髪店主のほうも景太郎が銭湯を営んでいたころはよく利用したと話した。かつては、近隣の商店同士がお互いに客になって持ちつ持たれつで寄り添う、という連帯の文化がまだ残っていたようである。勝浩のほうは、一度も来店したことがないということだ。

景太郎は、二年前に病気をしてからは理髪に来なくなった。もともとかなりの禿《は》げ頭であるので、娘の世津子が家で刈っているそうである。その景太郎は、娘婿の勝浩のことを「演劇評論家と聞こえはいいかもしれないが、寄席《よせ》や劇場に入り浸って、雑文を書いてほんの少し稼いでくる程度で、私にとっては寄生虫のようなものだ。寄席や劇場だけでなく、ネオン街にも足を突っ込んでいるようだ」とくさしていたという。勝浩の夫婦仲や景太郎の病気のことなどを訊いてはみたが、それ以上はわからないということであった。そこは共同体の一員らしく、よそ者に軽々とは話してくれなかったのかもしれない。

「似たところはあるが、仕事上の繋がりはなさそうだな。同じ大阪市内とはいえ、生活圏は北区と天王寺区で離れている。だが、調べてみたら、何か出てくる可能性はないとは言えない。あわてずに、やってみよう」

芝は、まず伊勢戸家の戸籍関係を調べてくれた。

安治川が、酒店の老女から聞いたように、現在八十歳である伊勢戸景太郎には三人の子供がいる。長男の寛一《かんいち》は五十二歳で、妻と娘二人とともにアメリカで暮らしている。次男の利次《としつぐ》は五十歳で、三度の離婚歴があり現在は独身で広島市在住だ。三人の妻との結婚期間はいずれも短く、子供はいない。長女の世津子は四十八歳で夫の勝浩とは同い年だ。二十四歳で結婚して、そのときに勝浩は改姓して伊勢戸勝浩となった。景太郎と養子縁組をしたわけではなく、結婚時に妻の氏に改姓したのだ。世津子夫婦にも子供はいない。「孫を早く抱いてあやしたい」と言っていた景太郎の妻・豊子《とよこ》は四年前に七十六歳で他界した。孫は長男の寛一のところに二人いるだけで、それもアメリカで生まれ育っているから、抱いてあやせたかどうかはわからない。

そして石栗から電話が入った。山岳関係団体に、橿原通代という名前がないかどうか調べてほしいとラーメン店を出るときに頼んでおいたが、そのあと連絡を取って伊勢戸勝浩という名前についても追加をしておいた。

「すべての団体を調べることができたわけではないのですが、橿原通代という女性が所属しているところは見つかりませんでした。前にも言いましたように加入は任意ですからね。だけど、伊勢戸勝浩については、関西経済大学山岳会に名前がありました。大学の山岳部のOBです」

「おおきに、恩に着ます。えらい厚かましいんですけど、その名簿を見ることでけませんやろか」

「できると思います。山仲間にメールしまくって調べたんですが、関西経済大学出身の男から、九学年先輩の欄に伊勢戸勝浩という名前があったと返信が届いたのです。面識はないそうですが。彼に私から頼めば、見せてもらうことはできるでしょう」

「すんません。頼んます。今度はラーメンよりもっとええもん、おごります」

「大好物なので、またラーメンでいいですよ」

糸口が一つできた。

3

見せてもらった関西経済大学山岳部の名簿によって、伊勢戸勝浩には大学時代の同学年部員が男子ばかり四人いることがわかった。住所を見ると二人が東京で、一人が札幌であった。府警以外のエリアで動くのは避けたほうがいいので、消去法で、枚方《ひらかた》市在住の前岡《まえおか》という男に連絡を取ることにした。

前岡は仕事帰りに、待ち合わせ場所のカフェに来てくれた。お互いの服装を連絡してあったので、すぐにわかった。

「お疲れのとこ、えらいすんまへん」

「いいんですよ。冬場は陽《ひ》が短いので早く終わります」

「どういうお仕事をしてはるんですか」

「ビルの窓拭きです。山岳部にいたおかげで、高いところは平気です」

前岡は、モカコーヒーを注文した。

「そら、うらやましいですな。わしは高いと足がすくみます」

「好きでやっているわけではないんですけどね。それで用件は、勝浩君の身上調査ということですね」

「ええ、あまり詳しい経緯はお話しでけませんねけど」

安治川は、調査会社の封筒を持って、ネクタイをきちんと締めていた。前岡から勝浩に伝わることも考えられるので、警察ということは伏せた。

「ここ数年は会っていないですから、お役に立てるかどうか」

「いえいえ、わかる範囲で何でも結構ですんや。単刀直入に申しまして、こっちのほうを調べるようにと仰せつかりまして」

安治川は、小指を立てた。景太郎が「寄席や劇場だけでなく、ネオン街にも足を突っ込んでいるようだ」とくさしていたことをヒントにした。

「もしかして、世津子さんからの依頼ですか？」

「ほう、世津子はんを知ってはりますか？」

「四回生のときに男五人で上高地《かみこうち》に行って、ペンションで阪神《はんしん》女子大のワンゲル同好会と同宿になったんですよ。勝浩のやつはイケメンだからモテました。女子大生もちょうど五人だったのでバランスが取れると思ったんですが、勝浩がダントツの一番人気でした。世津子さんはその中にいました。正直言って、そんなに美人ではなく化粧っ気もないような子だったので、勝浩が世津子さんにホレ込んだのはまったくの意外でした。そして二年後に結婚したのですが、結婚披露宴に招かれて理解できました。世津子さんの実家はお金持ちだったのですよ。勝浩は、苗字《みょうじ》も変えて入り婿になりました」

「世津子はんには、兄が二人いやはるのに改姓しはったんですね」

「そうすることで、自分の本気度をお義父さんに見せようとしたんだと思います。悪く言えばたらし込みですが、勝浩はそういうところに長《た》けていましたね」

「本気度を見せる、ですか」

「男が妻の姓に変えるって、いい方法だと思いますね。無料でできるわけですし」

「なるほど」

義父の景太郎は、あとでそれに気づいて勝浩のことを寄生虫とこき下ろしていた。この前岡はそこまでは知らないようだ。

「逆タマというのは、羨《うらや》ましいですよ。こっちなんか、滅私奉公《めっしほうこう》で働いていた小さな会社が倒産してしまって、やむなく今の仕事に転職したんですからね」

前岡は、コーヒーを苦そうに飲んだ。彼からしたら、勝浩はうまく立ち回った人生というわけで、妬《ねた》みも感じているのではないか。

「イケメンということですけど、学生時代の女関係はどないでしたか？」

「女関係には不自由していなかったと思いますね。特定の女とつき合うのではなく、あちこちに手を出すタイプですね。一人くらい、こっちに回してほしかったですよ」

「結婚しはるときは、身ぎれいにしはったんですやろか」

「そうでないと、お義父さんが認めないでしょう。かなり厳格なようですから」

景太郎は低評価しているだけに、単なるネオン街に足を向ける程度ではない不倫が見つかったなら伊勢戸家を追い出されてしまいかねない。景太郎の目が黒いうちは、勝浩はおとなしくせざるをえなかっただろう。だが、その景太郎も八十歳となり、二年前に病気をして、近くの理髪店にも足を運ばなくなっているのだ。

「ネオン街に出入りしているという噂がありますんや。何か思い当たることは、ありしませんか」

「若い頃しかよく知りませんが、酒はほとんど飲めなかったですね。酒よりもオネーチャン目的かもしれないです」

「どういうタイプの女性が好みやったんですか」

「そうですね。ハーフやクォーターみたいなちょっと外国人っぽい女がいい、と言っていたことがありました。世津子さんは全然違いますね」

「世津子はんは女子大のワンゲル同好会やったんですさかい、登山経験はもちろんありますね？」

「ええ。結婚披露宴では、会場の隅に置かれた登山テントから二人が登場する演出をしていましたね」

「身長は高いですやろか」

「女性としては、高いです。勝浩は百八十センチを超えますが、並んでいてもそれほどの差はないです。百七十くらいでしょうか」

「この写真を見てくれますやろか。少し遠景ですけど」

安治川は、行方不明者届に出されていた〝橿原通代〟の写真を見せた。

「これは、立山連峰ですね」

前岡は、写真の背景をすぐに言い当てた。

「そうです。写ってはる女性は、世津子はんやおませんか？」

「似てますね。顔が小さいのではっきりとは言えませんが」

「女子大のときのお仲間で、連絡先を御存知のかたはいやはりませんか」

「連絡先までは……勝浩以外はカップルとして進展しませんでしたからね。あ、でも、結婚披露宴に来ていたワンゲル同期四人の中に、母校の阪神女子大の事務職員になったという子がいましたよ。一番可愛い女性で、勝浩以外はみんな狙っていましたけど、誰も相手にされませんでした」

　前岡は懐かしそうに笑った。彼もアタックは試みたのだろう。

「その女性の名前は、覚えてはりますか」

「えっと、下の名前はユズカでしたね。みんなからは、ゆずポンというニックネームで呼ばれていました。苗字はちょっと思い出せません」

「そうですか。ところで勝浩はんは、釣りはしはるんですか」

　櫃原虹彦が転落死したビルの一階にあった釣具店が、安治川の脳裏に浮かんでいた。

「釣りは聞いたことがないですね。山に行ったときに渓流釣りをしたことがあるんですが、勝浩は『じっと魚を待つのはしんきくさい』と言ってすぐにやめてしまったこともありました」


　そのころ、新月良美は友人から借りた軽自動車を停めて、〝ジャルダン・デ・イセ〟を運転席から見張っていた。

　寄席や舞台の評論家をしている伊勢戸勝浩の名前は、ネットでいくつか検索ヒットしたが写真は拾えなかった。アナログな方法であったが、府立中之島図書館へ足を運んで、その関係の書籍や雑誌に片っ端から当たった。そして、演劇評論を月刊誌に寄稿している伊勢戸勝浩の顔写真を見つけて、それを画像に収めた。目鼻立ちのくっきりした端整《たんせい》な顔立ちであった。

その画像を手に、伊勢戸勝浩が出てこないかと張り込んでいた。そろそろ太陽が沈んでネオンが輝く時間帯であった。

けれども、良美は意外な光景を目撃する。〝ジャルダン・デ・イセ〟に横付けされたタクシーから、伊勢戸勝浩が出てきて、同乗していた禿げ頭の痩せた老人が降りるのを支えた。老人は肩で息をしながら杖をついて腰をかがめ、勝浩に支えられてゆっくりとエントランスに足を運んだ。そして中に消えていった。

そのあと二時間近くが経過したが、勝浩は再び姿を現わすことはなかった。

前岡からの聞き取りを終えた安治川が、良美に合流した。

「月刊誌に載った伊勢戸勝浩の写真をゲットできました。それから、二時間ほど前に帰宅した彼を捉えることができました」

良美は、そのときに撮った動画を見せる。

「おそらくこの老人が義父の景太郎やな。酒店の女性の話によると、二年ほど前から病気をしているということやった」

「そしたら、きょうは通院の帰りということですか」

「たぶん、せやな」

「安治川さんのほうはどうだったんですか」

「いくつか情報はもらえた」

安治川は、これまでのことをざっと話した。

「世津子さんは、ワンゲル同好会出身だったんですね」

「それで、あんたに頼みがある。阪神女子大で今も事務局員をしている可能性がある同期生を訪ねてきてほしいんや。手がかりはユズカという名前や。わしが女子大構内に入るのは、抵抗あるさかいな」

「安治川さんでも、苦手なものがあるんですね」

良美はフフッと笑った。

「苦手なもんはぎょうさんあるで。それから、今の動画をもういっぺん見してほしい」

「はい、何か不審な点でも」

「いや、タクシーのナンバーを読み取りたいんや。ナンバーからドライバーを辿ることで、どっから乗ったかがわかるかもしれへん」

4

翌日の夕刻に、安治川と良美は、また〝ジャルダン・デ・イセ〟の前に止めた軽自動車内で落ち合った。芝は「数日間、伊勢戸勝浩を張り込もう。ただし、原則として勤務時間外とする。第一発見者は疑うべきだが、われわれには正式の権限はない。何も出なかったら手を引こう」と条件付きで承諾していた。

「阪神女子大のほうは、どないやった?」

「ユズカという少し珍しい名前で助かりました。事務局の教務課に、中村柚香《なかむらゆずか》という女性職員が現職でいました。短時間でしたが、お話しすることができました。ここ十年ほどは世津子さんとは一度しか会っていないけど、たまに電話やメールでやりとりはしているということでした。柚香さんも結婚していて、お互いダンナさんの悪口を言い合っているということです。結婚って何なのでしょうね」

良美は唇を尖らせた。

「どないな悪口を、世津子はんは言うてはったんや？」

「ろくに仕事もしないし家事もしてくれない。お義父さんがいるときといないときとでは態度が全然違う、といったことです。ああやって病院への送り迎えをしているということは、勝浩さんは景太郎さんには気を遣っているということですね。そのほかに、勝浩さんが浮気しているんやないかという愚痴もあったそうです。夜遅くに帰宅した勝浩さんの服に付いていた香水の匂いを咎《とが》めたところ、『仕事上のつき合いだ。もし浮気を疑うなら、その相手の女をここに連れてこい。ろくに小遣いもないのに、浮気などできるわけがない』と逆ギレして、世津子さんを半ば力ずくで梅田の焼き鳥屋に連れていったそうです。そして、焼き鳥屋の従業員さんに、さっきまで劇団の公演の打ち上げを女性団員を含む十数人で行なっていて、勝浩さんが参加していたことを証言させたそうです」

「そら、えらい勢いやな」

「夫婦仲は、あんましよくないみたいですね。あ、それから、大事なことを先に言うべきでした。かんにんです。世津子さんは、去年の十一月に外反母趾の手術を受けたということでした。柚香さんはここ十年ほどで一度しか世津子さんと会っていないということでしたけど、その一度が入院した世津子さんを見舞ったときやったのです」

「え、世津子はんも外反母趾手術を……」

安治川は驚いた。金剛山の転落女性遺体には、外反母趾の手術痕があった。そのことが、遺体が橿原通代であると認定された根拠の一つになっていた。安治川も、大阪西部中央病院に足を運んで、橿原通代の主治医に会い、冬場の登山が可能であったかどうかを確認していた。

「見舞いに行かはった病院がどこやったのか、ちゃんと聞きましたよ。橿原通代さんと同じ大阪西部中央病院でした」

良美は、少しだけドヤ顔になった。

「病院も同じか」

「どういうことなんでしょうか」

「確認する必要があるな。二人ともが手術を受けたのか、それとも橿原通代の名をかたって、伊勢戸世津子が入院して、手術を受けたのか」

顔写真の貼っていない他人の健康保険証を使用して受診をするケースは、たまにある。中村柚香は病室を見舞っているのだから、世津子が入院していたことは間違いない。

「そういうのは、健康保険に入っていない人が使う手ですよね。けど、世津子さんは貧乏とは思えないです」

「他になんぞ理由があったのかもしれへん。主治医は、夫の虹彦はんが付き添うていたと言うてはった。それが、本物の橿原虹彦やったのか、調べる必要があるな」

行方不明者届に付けられていた橿原通代の写真は、小さくて年齢的にも若いときのものなので断定はできないかもしれないが、虹彦の写真はそんなことはない。大阪西部中央病院に行けば、付き添いの夫という人物が虹彦かどうか確認できそうだ。

「もし橿原虹彦さんではなくて、伊勢戸勝浩さんやったとしたら……」

「外反母趾の手術を受けたのは、橿原通代の保険証をつこうた伊勢戸世津子ということになるやろな」

「もう病院の診療時間は終わっていますね」

「けど、行くだけ行ってみよや。残業もしくは当直で、主治医はんがまだいやはるかもしれへん」

「了解しました」

良美は、エンジンを入れて軽自動車を発進させた。

「病院と言えば、あんたが撮ってくれた映像からタクシーを突き止めて、どこの病院から景太郎はんが乗ったかがわかったで。浪速《なにわ》高度先端メディカルセンターやった。

病院というよりクリニックやな。進行したがん患者に対して、保険診療ではでけへん先進医療をしているところや」

「景太郎さんは、がん患者ということなんですね」

「酒店の女性が『すっかり痩せて』いたと評したのもうなずける。普通の医療機関以上に個人情報には敏感やろから、どこのがんなのかはわかりようがないけどな」

「余命わずかということでしょうか」

「いや、それは断定でけへん。先進医療は日進月歩やと聞くし、高年齢やと進行スピードは遅いもんなんや」

両親の介護をしたおかげで、医学知識は増えた。

大阪西部中央病院では、主治医はすでに帰宅していたが、主任看護師の女性が当直で残っていた。

「橿原通代さんに付き添っておられたのは、こちらの男性です。毎回いっしょに来ておられました」

主任看護師は、良美が撮影した伊勢戸勝浩のほうではなく、南河内署のカメラに映った橿原虹彦の写真を指さした。

そのとき、主任看護師の目が小さく瞬いたのを安治川は見逃さなかった。

「こっちの男性も知ってはりますな?」

伊勢戸勝浩の写真を差し出す。

「あまり患者さんのことは……」

「イエスかノーだけでええんです。櫃原通代はんと近い時期に、伊勢戸世津子という患者も外反母趾の診察と手術を受けはったんとちゃいますか」

「ええ、まあ」

主任看護師は短く答えた。

「伊勢戸世津子はんの手術のほうが、先でしたか?」

主任看護師は黙って小さくうなずいた。

「そのときに、伊勢戸世津子はんにはこの男性が同行してはったんですね」

伊勢戸勝浩の写真をさらに前に出す。

彼女は、もう一度こくりとうなずいた。

「おおきに。ありがとうございました」

外反母趾という輪によって、櫃原通代と伊勢戸世津子という二人の女性が、そして櫃原虹彦と伊勢戸勝浩というそれぞれの夫が、繋がっていた可能性が出てきたのだ。

「そうなのか、それは注目すべき事実だな」

5

翌日、報告を受けた芝は顎に手を当てた。

「しかし、大阪西部中央病院へは、私も入院した同僚の見舞いに行ったことがあるが、病棟も診察棟もかなり大きな病院だから、多数の患者が毎日訪れている。単にすれ違っていただけということもあるのじゃないか」

「ええ。けど、診察は科ごとに分かれていますよって、橿原虹彦と伊勢戸勝浩が診療待合のコーナーで言葉を交わすようになった、ということはありえへんことやないです。働き盛りの同世代の男性で付き添ってくる者は少ないですやろし」

「カルテ開示請求によって診療日時がはっきりすればいいんだが、それは簡単にはできない。あくまで仮定として、橿原虹彦と伊勢戸勝浩に接点ができたという前提に立って、どう考える？」

「金剛山での遺体は、橿原通代やのうて伊勢戸世津子やったと思います。二人の夫が、意思疎通をしとったなら、伊勢戸世津子の滑落死体に橿原通代の携帯やクレジットカードを持たせることができます。さらに写真、歯ブラシ、登山道具といったものの提供もされとったと考えることができます。登山なんて聞いたことがない、と本物の橿原通代の学生時代の友人たちが話していたことが、それやったら矛盾しません」

「裏を返せば、本物の橿原通代は生きているということになるのかな」

「いや、そいつはわかりません。本物の橿原通代は、特異行方不明者と言うべきやないですやろか。行方不明者届は出とりませんけど」

「あの、いいですか」

良美が手を上げた。

「関空近くのビルで墜落死したのが、橿原通代さんやったら、お互いに妻を交換して亡き者にしたと捉えることもできるのですが、亡くなったのは橿原虹彦さんでした。伊勢戸勝浩さんと橿原通代さんが意思疎通をしていたというのは、考えにくいです。患者と他の患者の付き添いという関係でしかありません」

「うん、せやな」

失礼ながら、橿原通代はそれほど魅力的な女性とは思えない。ただし、橿原虹彦が亡くなったことで、通代がもし生きていたら相続権は持つ。

「それから、沢木杏里ちゃんがどういう役割をしているのかも謎です」

沢木杏里が橿原虹彦だけでなく、伊勢戸勝浩と繋がりを持っているのかどうかはわからない。もしも大阪西部中央病院に彼女も付き添いで来ていたとしたら、勝浩と接点を持った可能性もあるかもしれない。

「調べを進めていきたいところだが、遺憾ながらその権限がわれわれにあるとは言えない。すでに事故死と自殺という結論が出ているという壁も厚い。前にも言ったように、綸言汗の如し、だ」

「室長、裏技をつこうて権限を得たら、どないですやろか」

「裏技？」

「世津子はんには、二人の兄さんがいやはります。長男の寛一はんはアメリカで、次男の利次はんは広島です。アメリカは遠すぎますすけど、広島やったら会いに行けます。その利次はんに、世津子はんの行方不明者届を出してもらうんです。世津子はんは、少なくとも戸籍上はまだ亡くなってはりません」

「兄弟なら、届出はできるが、そのあとどうするのだ？」

「行方不明者届は、対象者の居住地の所轄署に出すのが原則ですけど、遠方などの事情があれば届出人の居住地に出すこともでけます」

「広島で提出してもらうわけか」

「ラッキーなことに広島県警には、捜査共助課時代の知り合いがおりますのや。今は、県警のかなりの幹部になっとります」

「つまり広島県警から、グレーゾーンとして、うちに案件送付してもらうのか。しかし、他県警からの送付など、想定外だぞ」

「けど、消息対応室の設置要綱《せっちようこう》には、あかんとは書いてへんですよね」

「うーん、まあ常識的過ぎて書いていないだけだが、今回だけはいけるかもしれない。こういうことがあると設置要綱が改定されるだろうから、次回からはそんな裏技は使えなくなるが……しかし、その利次という次兄が協力するだろうか」

「協力は期待はでけます。妹が生きているかどうかは、景太郎はんが亡くなったときの相続に影響しますよって」

「なるほど」

芝はかすかにほほ笑んだ。

安治川は、さっそく広島に向かうことにした。少し前に、芝が戸籍関係を調べていてくれたので、その附票から利次の現住所はわかった。

木造の小さなアパートの一室であった。表札代わりに〝伊勢戸〟とフェルトペンで手書きされた紙が、押しピンで留められている。インターホンはなく、チャイムを押す。土曜日とはいえ昼間の時間帯だから不在かもしれなかった。そのときは、また夕方や夜に出直すつもりだ。

「どなたですか？」

かすれたような低い男の声が返ってきた。

「大阪の安治川といいます。突然に申し訳ないですけど、ちょっとお話がありまして」

「何の話ですか？」

「御実家のことです」

玄関の引き戸が開いて、パジャマ姿の五十男が姿を見せた。角張った顔で目も鼻も小さい。無精髭が伸びている。半白頭の赤ら顔で、かなり太っている。

「お休みのところ、すんまへん。伊勢戸利次はんですね」

「そうだが」

「大阪府警のもんです。折り入って話がおますのや」

行方不明者届を出してもらう交渉だから、警察であることは伏せられない。

「警察ですか……ちょうどいいかもしれない。まあ、どうぞ」

利次は、中に入れてくれた。畳敷きにして八畳くらいのワンルームに小さなダイニングキッチンとユニットバスが付いたタイプだ。まったく片付いていない部屋で、床が見えないくらいに雑多に物が散乱している。

「ここに座ってくれますか」

利次は、ダイニングから椅子を持ってくると、床に散らばった雑多な物を足で動かして、狭い空きスペースを作ってそこに椅子を置き、自分はベッドに腰を下ろした。

「急に来てしまいましたけど、お時間はよろしいんですか」

「予定など何もないですよ。こうして寝ながら、ユーチューブを見たり、テレビを眺めたりして、過ごしているだけです」

「どこぞお悪いんですか」

かすれた声と赤ら顔が気になった。

「飲み過ぎて肝臓を壊して、糖尿病にもなってしまいました。それでも、なかなかやめられません」

利次は、ダイニングに並んだ酒瓶を指さした。

「ほなら、お仕事は？」

「今は、ほとんどしていません。嫁は三回、仕事は四回替わりましたが、今は独身の無職です」

利次は、自嘲気味に言った。結婚歴が三回というのは戸籍どおりだ。

「わしは、これまで警察官の仕事しかやってきてまへん。それしか能があらへんのです。四回も新しいチャレンジをしはったのは、羨ましくもあります」

「そんないいもんではないです。むしろ後悔しています」

「ちなみに、どないな仕事をしてきはったんですか」

「私は、秀才だった兄の足元にも及ばず、三流私大にしか入れませんでしたが、スポーツだけは得意でした。父のお供をしたことがきっかけでゴルフが好きになって、大学ではゴルフ部に所属しました。主将を務め、そこそこ腕もあげて、四年生のときにプロテストに合格できました」

「そら、すごいですな」

「いえいえ、毎年五十人もが合格するので、世間で思われているほどの狭き門ではないんですよ。大変なのは、そのあとです。しかも、合格した年が、私の実力のピークでした。クォリファイングでは上位に入れず、ツアートーナメントにも出場できない日々が続きました」

「クォリファイングというのは？」

「平たく言えば、ツアーに出るための予選会のようなものです。四つのランクのトーナメントがあって、スコアが上位に入って初めて次に進めます」

「進めなんだら、どないするんですか」

「私はゴルフ場のレッスンコーチをして、何とか生活していました。そこでレッスンしてあげたお嬢さん育ちの一つ年上の女性と結婚しました。だけど、ゴルファーとして成績も収入も上げることはできず、一年も経たずに離婚しました」

「華やかやけど厳しい世界や、とは聞いてますが」

「トップレベルの選手だと、賞金だけでなくスポンサー料なども入ってきて億単位の年収です。でも、下位のほうは全然違います。ランキング六十位くらいで年収一千万円、百位だと平均的サラリーマンと変わりませんよ。私は、そこへすらも一度も到達できなかったのですから、嫁に愛想を尽かされてもしかたありません。大学のゴルフ部の先輩が、出身地の広島でスポーツジムを開業することになって、オープン前に声をかけてくれました。それでゴルフから引退して、ここ広島に転居して、トレーナーとなりました。そこの会員生徒さんが、二番目の嫁です。結婚歴三回と言うと、女にマメだと思われがちですが、あまり積極的な性格ではないので、手近なところで見つけてしまいます。しかし、その生活も数年で終わりました。大手のスポーツジムが近くに次々と進出してきたことで、経営が押されて閉館となったんです。嫁ともギクシャクして別れました」

利次はいつもは孤独で話し相手がほしいのか、饒舌《じょうぜつ》だった。

「そのあとは飲食店で地道に働いて、三度目の結婚をしました。今度もまたその相手は、ときどきやってくる女性客でした。金融機関のOLということでしたが、結婚してわかってみたことですが、実態はヤバイ街金でした。見た目はそんな印象はなかったのですがね。それで、その妻に勧められるままに、商品先物取引をすることになって、大損をしました。スポーツジムのトレーナー時代に小さい家を買っていたのですが、担保に取られて失いました。そしてすぐに離婚です。騙されたようなものですよね。そのあと、居酒屋とラーメン店を営《いとな》んでみたのですが、いずれも潰してしまいました。その間にだんだんとヤケ酒を呷《あお》ることになって、身体を壊しました」

「立ち入ったことを訊きますけど、今は生活費はどないしてはるんですか？」

「身体を壊したのは五年前ですが、親に泣きつきました。ずっと疎遠にしてきてこんなときだけ、とは思いましたが、他に方法がなかったんです。一時金として百万円をもらい、そのあと十万円を毎月送金してもらっています。足りない部分は、前に働いていた飲食店が忙しいときに声を掛けてもらって、アルバイトで雇ってもらっていますが、こんな身体なので無理はできません。最近も、ちょっと頑張ってしまって、ダウンしました」

「そらあ、いろいろと、しんどおましたな。やむなく景太郎はんに助けを求めはったんですね」

「泣きついた親というのは、母親の豊子のほうです。もともと実家とは疎遠にしていましたが、母親が亡くなってからはさらに足が遠のきました。父親は、勉強のよくできる兄が自慢の息子で、期待をかけました。劣等生の私は、コンプレックスの塊《かたまり》でした。関東の大学に行って、そのあとは一人で自活していこうと中学生のときから考えていました。それだけに、支援を受けるのは、いい歳をして恥ずかしいのですが、他に方法はありませんでした」

「実家に足を運んで、豊子はんに頼まはったのですか?」

「そうすべきと思ったのですが、母親に電話をしたら、『わざわざ来なくてもいいわよ。それくらいの支援なら何とかなるから』と了解してくれました。父は、私が三回も結婚したことにも辟易《へきえき》としていて、二回目までは結婚式に出席してくれましたが、三回目は母親だけでした。私が行ったら『どの面《ツラ》下げて』と叱られてしまうと、母親は気遣ってくれたのだと思います」

「四年前に、豊子はんは亡くならはったんですね」

「そうなんです。心臓麻痺で急死でした。さすがに母の葬儀だけは行きましたが、それ以降は父とは会っていません」

「送金の件ですが、現在は景太郎はんが毎月口座に振り込んでくれてはるのですか」

「いえ、母が亡くなったあとは、世津子夫婦が引き継いでくれています。母の葬儀が終わった後で、父のいないところで話し合いを持ちました。世津子たちは了解してくれました。父も高齢なのでマンションの経営や経理は、世津子夫婦が受け継ぐことになったそうですから」

「景太郎はんは、御病気と聞きましたけど」

「ええ。かなり末期のがんだと世津子から電話で聞きました」

「それはいつごろのことですか」

「聞いたのは一年半ほど前でした。父に会って謝るなら今のうちだとも思いましたが、厳格なあの父が、親不孝者のドラ息子を許してくれるとはとうてい考えられません。寛一兄さんは超優秀な自慢の息子だし、世津子は父にずっと寄り添ってくれているいい娘です。三人の中で、私だけが出来そこないなんですよ」

「そない思わはらへんでも」

「いや、染みついたコンプレックスは抜けませんよ」

利次は、半白頭を掻いた。

「世津子はんとは、よう電話で連絡を取りおうてはるんですか」

「いえ、そうではないんです。父の病気のことを聞いて、それっきりでした。負い目もあるので、なかなかきっかけがないと連絡しにくいんです」

「今月も送金はありましたんか」

「ええ。一週間ほど前に世津子が、私の銀行口座にいつものように振り込んでくれています。兄なのに、妹に頼ってしまってなさけないことです」

「御病気なんやから、しかたないんとちゃいますやろか」

「でも、恥の上塗りのようなことは……」

利次は、再び半白頭に手をやった。

「なんぞおましたんか？」

「まあ、いろいろありまして」

「どないなことですやろ？」

「アルバイトを頑張ってしまって、ダウンしたことは話しましたよね」

「ええ」

「それで、収入が減りましたし、薬代もかさみましたので、厚かましくはあるんですが臨時にいくらか送金してくれないかと頼もうと思いました。躊躇《ちゅうちょ》はしたんですが、電話してみることにしました。もう母親はいませんし、アメリカで研究に忙しくしている兄とはほぼ絶縁状態です。世津子に泣きつくしかありません。カッコ悪いですけど」

「それは、いつのことですやろか」

「先月に世津子が送金してくれた翌日です。そのときなら『いつもお金をありがとう』と電話をする名目のようなものが立つと思いました。ところが、いくら電話をかけても携帯が繋がらないのです。〝電波の届かないところにおられるか、電源を切っておられます〟というアナウンスコールが返ってくるだけです」

「ほう」

「日を変えて二回かけたんですが、結果は同じでした。しかたないので、実家の固定電話にかけました。そしたら、勝浩君が出てきました。『妹に代わってくれますか』と言ったら、『世津子は、山に行っています』と答えたので、『いつごろ帰ってきますか』と訊いたら、『自分も予定を聞いていないのですよ。何の用件ですか』と逆に尋ねてきました。背に腹は代えられないので、事情を話すと、勝浩君は『わかりました。

では、世津子に連絡してみて臨時に送金してもらうようにします。とりあえず二十万円でいいですか。今後のことは、また話し合わせてください』と言ってきました。そして二十万円はすぐに、いつもの口座に振り込まれてきました。私は御礼の電話を妹の携帯にかけましたが、やはり繋がりませんでした。振り込みは間違いなく世津子からでした」

「そうでしたか」

通帳上の振り込み人が世津子名義であったことを利次は重視しているようであったが、安治川はそうは考えなかった。

少額であれば別人名義での送金は可能だ。マネーロンダリング防止観点から十万円以上の送金は身分証を求められることもあるが、勝浩なら世津子のキャッシュカードを使用できるだろうから、二十万円ならクリアできる。

「勝浩はんと世津子はんの夫婦仲は、どないなんですやろか？」

「よくは知らないです。私がプロゴルファー時代に世津子は結婚しているので、勝浩君とはこれまでほんの数回会った程度です。ただ父は、勝浩君のことをそんなには買っていない印象も受けます。母の葬儀のときに、『とんだゴクつぶしの婿だ』と愚痴っていたこともありました。昔気質《むかしかたぎ》の父は、男子はかくあるべきみたいな哲学を持っていますから」

「すんまへんけど、今ここで、もういっぺん世津子はんの携帯にかけてもらうことはでけますやろか」

「いいですよ」

ベッドの脇から携帯電話を取り出すと、利次はボタンを押して、耳に当てる。

「やはり同じですね」

利次は、携帯電話を安治川に手渡した。携帯電話会社からの無機質なアナウンスコールが聞こえてきた。

「わしが、ここを訪ねたときに、あんたは『警察ですか……ちょうどいいかもしれない』と言わはりましたけど、それは世津子はんと連絡が取れへんことを気にかけてはったのですね？」

「ええ、実はそうなんです。妹は、学生時代にワンゲル同好会に所属していて、山が好きなことは知っています。高い山だと、電波の届かないこともあるでしょう。だけど、私の知る限りでは、そんなに長期間にわたって登山することはありませんでした。海外の山に登ったということは聞いたことがありません。国内、それも関西圏かその近くがほとんどだったと思います。ですから、どうも解せないのです。もしかしたら、遭難したのではないかという心配もしています」

「さすが兄貴ですな」

「いえいえ、兄らしいことなんか何もしてこなかったし、できてもいません。でも、気になるんです」

「提案なんですけど、行方不明者届を出してみはりませんか？」

「行方不明だというほどの根拠はないですが」

「まったく連絡が取れへんということでも、行方不明者届は出せます。届を出したからというて、すぐに捜索が開始されるといった大げさなもんやないです」

「はあ、そうですか」

　金剛山で滑落死した女性は、〝橿原通代〟ではなく〝伊勢戸世津子〟ではないかという仮説が強まったと安治川は感じた。だが、ここでそれを口にするのは妹の身を案じている利次を前にして憚られる。あくまで仮説なのだ。

「それと、なんぞ変化があったら、教えてほしいんです」

「変化と言いますと？」

「世津子はんと連絡が取れるようになったとか、あるいは景太郎はんの病状が変わったとか、勝浩はんからなんぞ新しい連絡があったときとかです」

ここでも、景太郎が亡くなったとき、という露骨な表現は避けた。だが、それはそんなに遠くはないかもしれない。

6

「安治川さん、ご苦労さんでした。本来なら、裏技を使ってきた部下をねぎらってはいけないものだが、今回は例外だ。本物の橿原通代の安否が案じられる。戸籍上は死者になっているから、たとえこの世から消えても誰も怪しまない。いや、こんなことを言ってはいけないかもしれないが、もう消されてしまった可能性もゼロではない。だとしたら、重い犯罪が見逃されたことになりそうだ」

「広島の利次はんは、かなりのお人好《ひとよ》しタイプの男性やという印象を受けました。せやから、三番目の妻から勧められるままに商品先物取引に手を出して、大損をすることになったんやと思います」

「さて、どういう切り口から取り組んでいこうか。実兄である利次さんから伊勢戸世津子さんの行方不明者届が広島県警に出されて、うちが送付を受けることができた。曲がりなりにも無権限ではなくなったのだが、それだけに手法を間違ってしまうと、とんでもないことになる」

　芝は気難しい表情になった。

「あのう、もういっぺん事案を整理してみませんか？　うちは完全に消化でけてへんところもありますんで」

「うん、いいだろう」

　芝の同意を得た良美は、似顔絵講習を受けたときに使っていたスケッチブックを取り出した。

「二つの家族、伊勢戸家と樫原家がいわば登場人物です。伊勢戸景太郎さんは八十歳と高齢で、がんを患ってはるようです。その妻の豊子さんは四年前に病死してはります。長男の寛一さんには妻と二人の子供がいますが、長きにわたってアメリカで研究者生活をしてはります。次男の利次さんは、転職や離婚を経て広島で一人暮らしで送金頼みの生活です。長女の世津子さんが入り婿の勝浩さんとともに茶屋町にある〝ジャルダン・デ・イセ〟という個人所有にしてはかなり大きなマンションの最上階で、景太郎さんと同居しています。家賃収益が主な収入源です。子供はいません」

　良美は、人物関係図を書き込んでいく。

「もう一方の樫原家は、収益物件ではないですが、真法院町という一等地に邸宅を持ち、橿原虹彦さんの父親が残した預貯金もそこそこありそうです。虹彦と通代という夫婦二人の家族ですが、橿原虹彦には沢木杏里という自称弟子がいて、その恋人として日下部崇明の存在があります。そして橿原通代と伊勢戸世津子には、同じ病院で外反母趾の手術を受けたという共通項があります。ざっとこんなものでよろしいでしょうか」

良美はスケッチブックをかざした。

三人だけのメンバーだから、この大きさでも充分だ。

「金剛山で亡くなったのは、橿原通代ではなくて伊勢戸世津子だというのが安治川さんの仮説だね？」

「ええ、死因が滑落事故であったということは、現場に行ってみて確信しました。突き落としたとしても、そないにうまいこと頭をぶつけて殺せるもんやないです。成功率がずいぶん低い殺害方法となってしまいます。現場の足跡なども、事故死を裏付けてます。けど、初心者には厳しすぎる難コースです。橿原通代が登山をしていたという話は、虹彦以外の人物からは誰も聞こえてきいしません。それに対して伊勢戸世津子のほうは、大学ではワンゲル同好会でした」

「つまり、虹彦は嘘の行方不明者届を出したということだね」

「行方不明者届があれば、警察はそれを拠り所にして家族に連絡をし、遺体確認をします。転落した女性は、橿原通代のクレジットカードと携帯電話を持っていましたさかいに、南河内署から四天王寺署への照会連絡もスピーディーでした」

「橿原虹彦と伊勢戸勝浩の間にホットラインができていたなら、可能だな」

「待ってください。転落した伊勢戸世津子は、橿原通代のクレジットカードと携帯電話を持って登山をしていたのですか？」

「いや、初めから別人の携帯やカードではなかったはずや。転落したあと、すり替えられたんや」

「それは、第一発見者となった伊勢戸勝浩がすり替えたんですか」

「わしはそう思う。伊勢戸世津子は、金剛山を単独で登っていて、足を踏み外して渓谷に滑落した。そして不運にも頭部を岩に激突させてしもうた。薄れゆく意識の中で、彼女はやはり登山経験のある勝浩に電話をかけたと思えるんや。山岳救助を求めるよりも、そのほうが確実に救出してもらえると判断したんやないかな。以前に夫婦いっしょにあのルートでの登攀《とうはん》していたのかもしれへん。それやったら、マイナーな登山コースでも勝浩ならわかってくれる、と」

事故死体なので解剖まではされなかったが、遺体見分によっておよその死亡推定時刻は当日の午前十時から午前十一時くらいということであった。仮に転落と電話連絡が午前十時半だとして、元山岳部の勝浩なら二時間あれば、現場に辿り着けただろう。もはや死んでしまったことを確認した勝浩は、この遺体を橿原通代に見せかけることを思いつき、すぐに行動に移したのではないか。

「転落死という予想外の出来事があったにもかかわらず、その日のうちに行方不明者届を橿原虹彦が出せたのは、それだけ伊勢戸勝浩とホットラインが築けていたということになるね」

「ええ。そのスピードが、入れ替わりを疑われへんことに繋がったんやと思います」

「新月君が、行方不明者届を提出しにきた橿原虹彦を見かけたのは、午後二時半過ぎだったね」

「はい、そうです」

「そして勝浩が登山通行者として通報したのが午後三時半過ぎだった。これは時間的に可能かね。橿原通代の携帯とクレジットカードを受け取りに、伊勢戸勝浩は橿原虹彦のところへ行って、また戻らなくてはいけない」

「途中まで橿原虹彦が移動して、いったん合流したらでけるんやないですか。たとえば、河内長野駅で落ち合うたなら、可能ですやろ」

「なるほど。そうだな」

「基本的なことを訊いてかんにんですけど、そうやって伊勢戸世津子の遺体を橿原通代に見せかけるメリットは、何なんですか」

「伊勢戸勝浩にとっては、遺産や。景太郎はんは重い病身とはいえ、まだ存命や。景太郎はんより先に娘の世津子が死んでしもうたなら、世津子には相続権はなくなる。そうなると、夫である勝浩には相続財産はいかへん。入り婿で伊勢戸姓を名乗っていたとしても、単なる娘の配偶者に過ぎず、景太郎はんの子供やない」

「そしたら、あの〝ジャルダン・デ・イセ〟というマンションは……」

「二人の兄が相続することになる。いくら景太郎はんと同居していても、それだけでは勝浩に相続権はないんや。ところが世津子はんさえ生きていたら、状況は全然ちごてくる。長兄の寛一はんは世界に通用する研究者で、自力で十二分にやっていける人や。次兄の利次はんは貧乏暮らしやが、かなりのお人好しで大阪から長く離れているさかいに、現金を分け与えることで合意してくれるかもしれへん。利次はんにはマンション経営の経験も全然あらへんし、実情もわかってへんやろしな」

「勝浩さんにとっては、現金よりもマンションですか」

「現金はつこうていったら減っていくけど、マンションは毎月賃料を生み出してくれるがな」

「そうですね」

「ただし、世津子はんが存命やないとあかんのや」

「伊勢戸世津子の遺体を橿原通代とすることのメリットは、橿原虹彦のほうにもあるな。通代が戸籍上亡くなったなら、虹彦は独身となって、沢木杏里と結婚できる。通代には若年性認知症の傾向もあったということだから、虹彦にとって通代の存在はいいこととは思えない」

「つまり、二人の夫にとって、死者と生者の身分入れ替えは利があったのですね」

「そういうことや」

「死者と生者の身分入れ替えなんて聞いたことがなかったですけど、現代的な犯罪と言えるかもしれませんね。そしたら、本物の通代さんはどこに？　まさか亡くなってはるなんてことはないでしょうね」

「伊勢戸世津子と入れ替わらされた橿原通代は、伊勢戸景太郎が存命中は生かしているはずや。伊勢戸世津子は死んだらあかんのやさかいに……。〝ジャルダン・デ・イセ〟には空き室があった。座敷牢のような感じで閉じ込めておくことはでけるはずや」

「そうですね。階が違ったら、病身の景太郎さんも気づきませんものね。あ、でも、世津子さんがいなくなったことには、景太郎さんもさすがに気がつくんやないですか」

「景太郎はんの病状や意識の程度にもよると思う。あるいは、世津子はんは外反母趾の手術を受けていたのやから、またそれが悪化して入院しているといった嘘で誤魔化しているかもしれへん」

「景太郎さんのことも心配になります。表向きは通院に付き添って献身的な婿を装っていても、少しでも死期を早めることを毎日やっているかもしれません」

「そういった懸念はある。だから私は、安治川さんが提案した今回の裏技を容認したのだよ。二人の人命に関わる事案かもしれないのだ。職務外行為云々を理由に見過ごしてしまっては大変なことになりかねない」

「"ジャルダン・デ・イセ"に踏み込んで、橿原通代さんの身柄安全を確保することはできないんでしょうか?」

「それは無理だな。こちらの推論だけでは根拠にならない」

芝は小さくかぶりを振った。

「せやけど、緊急事態と言えます。家宅捜索という形は採れませんか」

「緊急事態というのも、推論に過ぎない。裁判所は、証拠なしに家宅捜索令状は出してくれない。日本は基本的人権が保障された国なのだから、しかたがない。それだけではない。推論の段階でさえ、まだ解決していないことがある。橿原虹彦の転落死を事案全体の中でどう説明するか、だ」

「あ、そうですね」

良美は、手にしたスケッチブックの人物関係図を見つめた。

「うちの思いつきですけど、橿原虹彦さんが、伊勢戸勝浩さんから離反したのやないでしょうか。通代さんが死んだという外形をとって、戸籍上は世津子さんが生きていると見せかけるところまでは、二人は協力関係にあったのですけど」

「離反の理由は？」

「通代さんがまだ生きていることが原因やないでしょうか。虹彦さんとしては早く死んでほしい――勝浩さんは通代さんを殺害する約束で、虹彦さんから協力を取りつけたけれども、実行してくれません。勝浩さんにとっては、実行したくてもできない状況でした。景太郎さんが存命だったからです。虹彦さんにとっては『それなら義父も殺してしまえばいいではないか』ということになります。勝浩さんは『どうしてこちらが二人も殺さなくてはならないのだ』と言い合いになります。病院にかかっている景太郎さんを死なせてしまうと死因が疑われかねません。その言い合いを通じて、勝浩さんは虹彦さんを生かしておいたのでは、この先いつ秘密を暴露されるかもしれないという危惧《きぐ》を抱きます。そこで、虹彦さんを亡き者にしようとしたわけです。行方不明者届を出させて世津子さんを通代さんとして遺体確認させたことで、もう虹彦さんは用済みなんです。それで、犯行に及んだわけです。勝浩さんとしてはこのあと、景太郎さんが病死するのを待ち、そのあと通代さんを世津子さんとして死なせたなら、完成します……そういうふうに推理することはできませんか」

「つまり伊勢戸勝浩が、櫑原虹彦を自殺に見せかけて殺害したということか」

「そうなります」

「遺書のことはどう説明する？」

「強要して書かせるといった方法も皆無やないと思います」

「安治川さんはどう考える？」

「正直言うて、櫑原虹彦の転落死の件は、まだどない捉えてええのかわからしません。協力関係にあった二人の男が、離反したという見方は興味深いです。しょせんは他人同士ですさかいに、状況が変われば立場もちごうてきます。ただ、今の推理で洩れてると考えるのは、沢木杏里と日下部崇明の存在です。彼女たちは、虹彦の死で真法院町の遺産を手にしました。勝浩が殺した結果やとすると、彼女たちにとってはあまりにもラッキーやないですか。一方の伊勢戸勝浩は手を汚しながら、まだ何も手にしとりません」

「たしかにそうだな。それに、もし沢木杏里も事情を知っていたとすると、伊勢戸勝浩は橿原虹彦だけでなく、沢木杏里も口封じをしなくてはならなくなる」

「わしには、まだジグソーパズルが埋まらへん印象がありますんや。ピースが足らんのかもしれません」

「そうだな、もう少し調べを進めなくてはいけないな。まずは伊勢戸勝浩をマークする必要がある。そして沢木杏里と日下部崇明だな。新月君が、二人のことを以前から知っているというのは、われわれの強みでもあるが、下手をすれば弱みになる。強みになるようにしなくてはいけない」

「室長。景太郎はんが通うてはるクリニックは捕捉でけてます。今まではその先に進めませんでしたけど、曲がりなりにもうちの案件となったんやさかい、病状を調べることがでけしませんやろか」

「わかった。それは府警本部に掛け合ってみよう」

その日から、安治川と良美は〝ジャルダン・デ・イセ〟の前の路上での観察を始めることにした。芝がマイカーを張り込み用に提供してくれた。

伊勢戸景太郎の病状を照会することもできた。景太郎のがんは転移をしていて最終ステージにあった。現在はもはや先進医療での治療ではなく、緩和ケアの段階に入っていた。モルヒネ点滴投与によって、意識の低下も見られるということであった。ただ、基礎体力面では八十歳男性の平均をかなり上回っている頑健さがあるので、持ちこたえている状態だということであった。

「失礼な言いかたになりますけど、カウントダウン状態ですね。勝浩さんからしたら、もうすぐなのに、そのもうすぐが長い、という感じでしょうか」

「逝《い》くのが間近なのに、あえて殺《あや》めることはあらへん。少なくとも御近所には、孝行な婿やというパフォーマンスをしておく、というところかな」

「意識の低下が見られるということは、世津子さんがいなくても気がついていないということでしょうか」

「たとえ気がついても、適当に誤魔化されたら、確かめるすべがあらへん。自分から動くことはできひんのやさかい」

「ずっと勝浩さんが付き添っているのやから、医師や看護師に訴えることもできないでしょうね。ひょっとしたら、それをさせないために通院に付き添っているのかもしれへんですね」

「おっと、あれはデリバリーやないかな」

軽ワゴンが止まって、白い調理白衣を着た若い男性が、荷台から岡持ちを取り出す。

「伊勢戸家からの注文でしょうか」

「集合インターホンを押すところを見たうえで最上階やったら、彼が配達を終えて出てきたところで声をかけてきてくれるか」

「わかりました」

車を出た良美は、そっと近づいて確認した。そしてOKサインを送ってきた。安治川は黙ってうなずいた。

安治川は介護経験者だから、食事の世話が意外と大変だということがわかる。終末期には喉を通るものが限られる。誤嚥性肺炎《ごえんせいはいえん》にも気を配らなくてはいけない。もう亡くなるのがわかっているのに、誤嚥性肺炎になってしまったなら、過失死を疑われることもある。そうなったら、警察が調べる可能性もある。勝浩にとってそれは絶対避けたいことだ。

エントランスから出てきた調理白衣の男に良美は声をかけた。そして少し言葉を交わしたあと、頭を下げて見送った。

「あんかけうどんと茶碗蒸し、幕の内弁当の特上と並が、それぞれ一つずつです」

戻ってきた良美はそう報告した。

「あんかけのように、とろみが付いていると誤嚥しにくいんや」

「幕の内弁当の特上は自分用で、並は監禁中の通代さんに与えるんでしょうか」

「たぶん、せやろな」

「通代さんは、どんな状態で拘束《こうそく》されているんでしょうか。昔の罪人みたいに鎖で繋がれているかもしれないですね。いくら初期の認知症の傾向があるといっても、監禁されていることはわかりますから、ドアを叩いたりしないように手足の自由を奪われてはるように思えます。早く救出してあげたいです。出前の弁当が二人前であることを根拠に、踏み込めないんですか」

「ここは、せいたらあかん。『違う種類の弁当を二つ食べたくなったので注文した』と開き直られたら、それ以上は難しいで」

「けど、通代さんの身が心配です」

「景太郎はんが存命な間は、世津子はんの身代わりになる通代さんを死なせるわけにはいかへん。極端に手荒いことはできひん」

「だけど、景太郎さんは明日にでも他界するかもしれない末期なんですよね」

「ほいでも、あまりに近接した時期に父と娘が死んでしもうたら、不自然さを疑われかねへん。すぐに実行はでけへんで」

「じゃあ、うちらはどうしたら」

「こうして観察を続ける一方で、ジグソーパズルのピースを拾うていかなあかん」

「ピースですか」

「室長やあんたと話をしておって、わしは自分の推理の穴に気づいたんや。滑落死したその日に、別人の携帯やクレジットカードを持たせて、行方不明者届を出すことで死体の身分を入れ替えるというのは、よほどスピーディーにうまいことやる必要がある。これが殺人やったら事前に準備しておくことができるけど、事故死はそうはいかへん」

「でも、河内長野駅などの中間地点で落ち合うという方法なら、時間的には可能なんですよね」

「でけんことはないけど、車があることが前提や。あれから交通部に照会してみたんや。伊勢戸勝浩は、独身時代には運転免許を持っていたけど、今はもう更新してへん。梅田駅や大阪駅に徒歩圏の住まいなんやから必要ないということやろ」

「うちが見かけたときも、タクシー利用でした」

「櫃原虹彦のほうは、一度も運転免許を取得してへん。インドア派やし、車が必要な仕事でもないよってな」

「車を運転できる関係者がいますよ。日下部崇明です」

「うん、せやな。けど、あの日は平日やったさかいに、彼はマンション展示場で勤務しとったんやないか」

「急用だということで休みを強引にもらったかもしれへんです。あるいはシフト制でたまたま休みだったかも」

「そのあたりは調べてみる必要がある。けど、そういった携帯やクレジットカードを運搬する以外にも、少なくとももう一つの役割分担が必要やということに気づいたんや」

「もう一つの役割分担？」

「櫃原通代の身柄を、〝ジャルダン・デ・イセ〟に移すことや。櫃原通代が真法院町の自宅に居たなら、行方不明者届と矛盾する」

「それは、杏里ちゃんの役目やったんやないですか。彼女なら顔見知りなので、通代さんもそんなに警戒しなかったでしょう」

「わしもそう思うたが、沢木杏里も運転免許は持ってへんのや。タクシーを使うとそこからアシがつきかねへん。それに沢木杏里は、行方不明者届を出す橿原虹彦に付き添うという仕事もあった」

「じゃあ、日下部崇明君が車で……あ、それをしていたら、携帯やクレジットカードを持っていくことができなさそうですね」

「そうなんや。けど、運転でける者がもう一人いたら、可能や」

「持っていくだけなら、誰かを雇うことはありえないですか。便利屋さんとか」

「急遽見つけるのは簡単やない。それに、そこから秘密が洩れる恐れもあるで」

「そうですね」

「橿原虹彦のことはある程度は洗うたんやから、もしそういうサポートする人物がいたなら、伊勢戸勝浩の周辺やという気がする」

「それもあって、こうして張り込んでいるのですか」

「孝行な婿を演じなあかん景太郎はんの介護も、死なせるわけにはいかへん通代はんの監禁も、端から見るよりは気苦労があると思う。勝浩には、息抜きや援軍も必要になってくる。気晴らしに近くに出かけることもあるかもしれへんし、サポート役の人物が訪れることもありえんことやない」

「せやから安治川さんは、『こうして観察を続ける一方で、ジグソーパズルのピースを拾う』という二兎《にと》を追うような表現をしはったのですね」

「うまくいけば、ええんやが」

「けど、マンションの張り込みというのはやっかいですね。他のフロアの住人もいれば、その住人への来訪者もいます。さっきのデリバリーのときみたいに、近づいていってどの部屋の番号を押すかを確かめる必要もありますね」

「いちいち行くのはかえって怪しまれる。これが役に立ってくれるし、それにだいたいの見当はついてへんこともないんや」

安治川は、フロントガラスに付いた車載カメラを指さした。出入りする人物の映像は撮れているのだ。

「だいたいの見当って、何ですか」

「あんたは、阪神女子大を訪れて、中村柚香はんに会うて話を聞いたやないか。そのときに世津子はんが、夜遅うに帰宅した勝浩はんの服に付いていた香水の匂いから浮気を疑い、勝浩はんは仕事関連で関わりのある劇団員たち十数人と公演打ち上げで飲んでいたので、そのときに女性団員の香水が移り香で付いたと説明したということやったな」

「はい、そうでした」

「そして打ち上げ会場やった焼き鳥屋まで世津子はんを連れて行き、店員に証言を求めていた。公演の打ち上げはほんまのことやろけど、もし焼き鳥屋に長いことおったなら、服に付いた香水なんか焼き鳥の匂いで上書き消去されてしまうんやないか」

「あ、たしかにそうですね」

「勝浩は、乾杯のあとしばらくして焼き鳥屋を退席して、女性団員もそのあと何か理由を付けて早めに帰って、別のところで二人が合流していたなら、移り香が残っていても不思議やない」

「やっぱり浮気していたんですか。あ〜あ」

「浮気やのうて本気かもしれへんで。勝浩はそれほど仕事を幅広くやっていたわけやなさそうやから、劇団はある程度絞れそうや。その女性メンバーの中で、このマンションを訪れる者がおったら……」

「本気相手にとっては、世津子さんの死を遅らせることは意味がありますね。遺産を手にした勝浩さんと結婚できるのですから」

「それとは別に追うてみたいんが、沢木杏里と日下部崇明や。彼女らが、どこまで伊勢戸勝浩と共同戦線を張っているのかは、まだ摑めてへん」

「そうですね」

「通代はんを殺害するときは、実行の一端を担うように、勝浩から求められているように思える。実行の一端やのうて、大半かもしれへん。通代はんは戸籍上は亡くなっておるけど、実際は存命してるとなると、通代はんには真法院町の相続権があるさかいな」

「そうやって、犯罪を分担してこそ、秘密は守られるわけですからね」

「沢木杏里たちのこともマークすべきや」

「うちに、彼女たちのほうを担当させてもらえませんか。以前から知っていますので、性格や行動は読みやすいと思います」

　遠くからサイレンが聞こえてきた。パトカーのものではなく、救急車のサイレンだ。

「そのことは室長とも相談した。沢木杏里のほうは、室長かわしが担当したほうがええということになった」

「うちやったら、ラチがあかないときは、直接ぶつかってしまわへんかと心配してはるんですね」

「そうならへん自信はあるか」

「あります……とは言い切れへんです」

サイレンは次第に近づいてくる。

「わしや室長なら、まだ面が割れてへんという理由もある。おい、まさか……」

赤色灯を回転させながら、救急車が目の前でサイレンとともに止まった。救急隊員がストレッチャーを持って降車して、〝ジャルダン・デ・イセ〟に向かっていく。

「確認してきましょうか」

「いや、このままでも、すぐにわかる」

しばらくして、救急隊員がストレッチャーを押して現われた。そのあとから伊勢戸勝浩が姿を見せた。ストレッチャーに掛けられた毛布から、禿げ頭が出ている。勝浩は救急隊員と二言三言交わし、携帯を取り出して少し操作したあと、ストレッチャーが運び入れられた救急車に乗り込んだ。

再びサイレンが鳴って、救急車は発進していく。

「事態は、また展開したかもしれへんな」

安治川は、芝に連絡を取った。

折り返し、芝からの連絡が入った。

「市の消防局に照会して、状況がわかった。伊勢戸勝浩から救急通報があった。伊勢戸景太郎の血圧が急降下したということだった。クリニックの主治医からの指導のもと、常時測定できる血圧計を装着しているそうだ。急降下したときは救急車を呼ぶように、という指示もされていた。クリニックには入院設備がないので、救急病院に運ばれた。予断はできない状態で、当面、退院はできそうにないということだ」

「わかりました」

安治川は良美のほうを向いた。

「聞いてのとおりや」

「不謹慎ながら、景太郎さんの死期が近づいたということでしょうか」

「そうなりそうやな」

「急がないといけませんね」

「勝浩は、救急車に乗る前に、携帯を手にしとったな」

「はい。何度か指を動かしていたので、あれはメールではないでしょうか」

「あわてて連絡した相手は誰なんやろか」

「知りたいですね。携帯電話会社は協力してくれませんかね」

「令状もなしに無理やな」

「基本的人権が保障されているって、やっかいなこともありますね」

「芝室長が病院に向かってくれている。もしも景太郎の病室を訪ねてくる者がいたら、チェックするということや」

「うちらは、何をしたらいいんですか」

「阪神女子大の中村柚香はんを訪ねたとき、携帯番号を訊いておいたか」

「ええ。訊いておきましたけど」

「世津子はんが、香水の匂いから浮気を勘ぐったという話をした日にちを確認してくれ。浮気か本気かはともかくとして」

「そんな日にちなんて、わかりますかね」

「世津子はんが外反母趾で入院したときの見舞いを除いて、ここ十年ほどは会うことはなくて、電話やメールのやりとりだけやということやったがな。見舞いのときに話したのやなかったなら、発信や受信の日付記録が携帯に残っているかもしれへんやないか。そしたら、手がかりになってくれる」

「あ、そうですね」

「それがわかったら、焼き鳥屋を虱潰《しらみつぶ》しに一軒一軒今から当たろう。梅田ということやさかい、ぎょうさんあるけど天文学的数字やない」

「店がわかったらどうするんですか?」

「勝浩が打ち上げに参加していたという劇団名を聞き出すんや。十数人という人数やったら、店に予約が入っていたと思われる。勝浩はわざわざ世津子を連れて行って、店員に証言させたというんやから、打ち上げがあったことや勝浩が参加していたことはほんまやったはずや」

「その劇団の打ち上げ参加者の中に、浮気もしくは本気の相手がいるかもしれないということですね。やってみましょう」

良美は、ガッテンだという仕草をした。

7

梅田周辺の焼き鳥屋は、予想以上に多かったが、何とか突き止めることができた。

〝浪速あきんど座〟という劇団が約半年前に、十八人での予約を入れていた。店長は、宴会の有無を証言させられたことを記憶していた。

「あんな証言を求められるなんて、初めての経験でびっくりしましたよ。よほど恐妻家なんですかね」

店長は、勝浩の写真を確認したうえで、そう言った。

「この男性は、ようここに来店してはりましたか」

「たぶん、あのとき一度きりだったように思います。浪速あきんど座さんが利用してくれはったのも、あの夜を入れて四、五回程度ですね」

「この男性は、早めに中座しませんでしたか」

「さあ、そこまでは憶えていませんよ」

「予約した幹事役の人の連絡先は、わかりますやろか」

「ええ、たぶん。予約簿を調べます」

教えてもらった番号にかけてみる。劇団の副代表をしている林友也《はやしともや》という男性が出た。林は、「お初天神《はってんじん》近くのバーでアルバイト中なんやが、お客さんとして来てくれはるなら会うてもかまへんよ」と言ってくれた。

「ようこそ、わかりにくい場所でしたやろ」

林は、ちょび髭を生やした顔に愛想笑いを浮かべた。サスペンダーをしたかなりの巨体の四十男だった。

「いえ、お初天神のほうにはちょくちょく来まっさかい」

お初天神というのは通称で、正式名は露天神社《つゆのてんじんしゃ》という。曾根崎《そねざき》二丁目にあり、近《ちか》松門左衛門《まつもんざえもん》が『曾根崎心中』でお初と徳兵衛《とくべえ》が死んだ舞台としたことから、お初天神と呼ばれ、それが一般にもよく使われている。

「これからはぜひ御贔屓《ごひいき》に」

電話では、警察ということは明かさず、調査会社の人間であることを匂わした。林と伊勢戸勝浩との間に、どんな繋がりがあるかはわからないからだ。幸い、男女のコンビというのは、浮気の調査員の世界ではよくあるそうである。カップルを装って夜の公園を歩いたり、ときにはラブホテルに入っての尾行追跡も怪しまれないからだ。

「そないさせてもらいます」

遅い時間帯ということもあるだろうが、狭い店内に他に客はいなかった。カウンターの中も林一人だけだ。

「水割りをもらいまひょ」

「かしこまりました。そちらの美人さんは？」

「うちは、運転せなあかんので、炭酸水で」

車は、近くのコインパーキングに停めてある。

「ここでのバイト歴は長いんですやろか？」

「ええ、もう十年以上になります。公演日以外は、たいていここです。劇団で食うていくことは、オリンピックでメダルを取るより難しいこってすから、みんな、あちこちでバイトしているんですよ」

「伊勢戸勝浩という評論家はんは知ってはりますな」

「ええ、まあ」

「あんたとこの劇団の評論をよう書いてはるのですか」

「そうでもないですな」

林は軽く右手を左右に振った。

「ボトルを入れさせてもらおか」

水割りと炭酸水一杯ずつでは、口を開いてくれそうになかった。

「おおきに」

「よかったら、あんたも飲んででんか」

「そうでっか。ほな、よばれます」

林は自分のグラスを用意しながら、ボソボソとしゃべり始めた。

「野球やサッカーの評論家なら、現役時代に大きな実績を残してますやんか。名球会とか日本代表といった実績を残した名プレーヤーが評論するんやったら、現役の選手かて納得でけますやろ。せやけど、舞台の評論家は、役者や演出家としての実績どころか、まったく経験がのうてもやれますんや」

「伊勢戸勝浩はんは、いつごろからあんたとこの劇団と関わりを持つようになったんですか」

「二年ほど前でしたかな」

「打ち上げにも参加しはるようになったんですね」

「そらまあ、チケットをようけ買うてくれはったら、劇団にとっては大事なお得意さんですよってな。タバコ吸うても、よろしいでっか」

「遠慮《えんりょ》のう、どうぞ」

「ほいでも、ここ最近はそういうお買い上げしてくれはることが減りましたんや」

「なんでですか？」

「サキが辞めましたよって……あ、いや、伊勢戸さんも忙しそうですよって」

林は言い直した。

「伊勢戸勝浩はんは、最近はお義父はんの介護が大変みたいですな」

「え、そうなんでっか。それは知りまへんでした」

林はタバコをくゆらせた。どうやら、サキという退団したおそらく女性の団員が絡んでいるようだ。だが、林は口を滑らせたことを悔やんでいるのか、唇を結んだ。安治川は、もう一本ボトルを入れようかと迷った。だが、それもあざといと言えばあざとい。

「公演のたびに、打ち上げはしはるんですか」

良美が問いかけた。

「収支が合うたときはやれます。いつもやないです」

「公演がすべて終わったときは、どんな気分なんですか」

「そら、なんべんやっても身体が震えるくらいの充足感があります。楽日のカーテンコールの高揚があるよって、しんどうても続けていられますのや」

「半年前の焼き鳥屋さんでの打ち上げのときの写真はありませんか？　みんな楽しそうなんやろなと想像してしまいます」

「ありましたかな」

林は、スマホをスクロールしたあと、その手を止めた。そして良美に差し出した。

「あっ」

良美は小さく声を上げた。

「もしかして、このエアリーカットの可愛い女性が、サキさんなのやないですか？」

「なんで知ってはるんや」

林もびっくりしたが、安治川も驚いた。

「うち、見かけたことあるんです」

良美は安治川に小さく目配せした。あとから話すということだろう。

「見かけた？」

林の問いに、良美はちょっぴり微笑《ほほえ》んだ。

「勝浩さんと歩いてはりましたよ。梅田の大歩道橋を」

良美はそう言って誤魔化《ごまか》した。

「サキのことを、伊勢戸さんはえらい気に入らはりました。チケットも、サキが頼めば大量購入してくれはりました」

「けど、退団しはったんですか」

「ルックスは美形で文句なしですけど、演技力が備わってしません。腹式呼吸での発声も、なんぼ練習させても身に付きませんでした。それで叱《しか》ったら、スネよります。舞台女優には向いてへんかったんです」

「今はどうしてはるのですか？」

「それは知りません。うちのような小さい劇団は、メンバー交代がようあります。十年も続けてやっているのは三人くらいです」

「別の劇団に移らはったということは？」

「聞いたことはあらへんです」

林に見送られて、安治川と良美はバーを出た。

「ほんまは、サキはんをどこで見かけたんや？」

安治川は、念のため後ろを振り返ってから訊いた。

「日下部君が、短い昼休みにファミレスまで杏里ちゃんに会いに行ったという話をしましたね」

「ああ、聞いたで」

「そのときに、このサキさんも見かけたんですよ。制服姿の茶髪の女性店員でした。迂闊《うかつ》でした。行きつけのファミレスなので杏里ちゃんは店員さんに笑顔を向けていたんだと、単純に思っていました。けど、今になってよくよく考えてみると、そのあとサキさんが声をかけてから、杏里ちゃんは外で見張っているうちに気がつきました。あれはサキさんが注意喚起したということですね」

「そういうことか。伊勢戸勝浩と橿原虹彦は、二人の妻が外反母趾の手術を受けた大阪西部中央病院で知り合うたと考えていたけど、そやないのかもしれん。病院の待合のコーナーで言葉を交わしたという薄い関わりだけで、犯罪を共同するまでは普通はいかへん。沢木杏里とサキという二人の女性の結びつきが、それ以前にあったようや。そして沢木杏里は橿原虹彦と、サキは伊勢戸勝浩とそれぞれ男女の仲にあった……」

「サキさんが、安治川さんの言わはるパズルのピースなんでしょうか」

「調べてみんと、それはわからん。今からそのファミレスに行ってみよか。深夜営業しているかもしれへん」

「はい」

足を運んでみたが、ファミレスは閉まっていた。

「残念ですね」

「そないうまいことトントンとはいかへんな」

夜間人口の少ないビジネス街の一角にあるのだから、この時間帯の客の入りは期待できない。出社前のサラリーマンをターゲットにしているのだろう。朝の営業は八時からだと、ロールカーテンが降りた扉に書いてある。

「明日の朝に出直しですね」

「そういうこっちゃな」

安治川は、芝に連絡を取った。

「私は景太郎さんが運ばれた病院から、さっき帰宅した。クリニックの主治医の先生も駆けつけていたので、話を聞いてみた。景太郎さんは、呼びかけにはかろうじて反応があるが、このまま血圧が低下していけば、遺憾ながら近いうちに亡くなるだろうということだ。勝浩は、泊まり込むそうだ。もちろん世津子は姿を見せない」

安治川は、今夜の収穫を話した。

「わかった。明日の朝に新月君とファミレスに行ってみてくれ。消息対応室のほうは私一人で対応できるから」

8

「その時間帯の若い女性なら、竹嶋咲希《たけしまさき》さんですね。他のバイトさんは、やや年配の主婦のかたたちです」

ファミレスの店長は、バックヤードでシフト表を見ながら答えた。店内で彼女が働いていないことを確認してから、ここでは警察手帳を示すことにした。

「きょうは出勤しはる予定ですのか?」

「いえ、週に二回程度です。将来的に店を持ちたいので調理のほうもしてみたいという希望ですが、せっかくの華やかな女性なので今は接客をしてもらっています」

「いつごろから働いてはるのですか」

「三ヵ月くらい前ですかね」

「以前は劇団にいやはったそうですが」

「あまりそういう私的なことは話したがらない女性です。こちらとしても訊くのは失礼ですしね」

「週二回というのは、彼女のほうから言うてきはったんですか」

「そうです。平日の午前から夕方までにしてほしいということで。うちとしてはもっと入ってほしいんですが」

「履歴書は提出されていますか？」

「ありますけど、竹嶋さんが何かしたんですか。うちも客商売なんで、風評被害《ふうひょうひがい》のようなことは……」

「いえいえ、単なる参考程度やとお考えください。こちらの店にも店長はんにも、迷惑をかけへんことは約束します。ただ、こうしてわしらが来たことは内密にお願いします」

店長は渋々といった表情で履歴書を見せてくれた。アルバイトということもあってか、簡単なものだった。現在二十五歳で、商業高校を卒業したあとは、アパレル会社に三年間勤務のあとフリーターとなっている。劇団のことは書かれていない。林の話では、劇団員はみんなあちこちでバイトをしているということだから、フリーターとしても嘘ではなさそうだ。

「これからどうしますか？」

「出身高校がわかったんやから、行ってみよや。沢木杏里の母校とは違うんやな？」

「はい、彼女は大阪港川高校でした」

高校の同級生の男子からの通報で、十七歳の杏里がガールズバーで働いていることがわかったのだった。その通報者が日下部崇明であった。

「竹嶋咲希と沢木杏里の接点は、どこやろか。年齢も、二十三歳の杏里より二つ年上や。学年もちゃうな」

「ガールズバーではないと思います。あのとき働いていた女の子には全員、年齢確認のために参考聴取をしました。そのときの記憶にありません。やはり大阪西部中央病院ということはないでしょうか。うちは、行方不明者届を提出してきた橿原虹彦さんに付き添ってきた杏里ちゃんを見ました。大阪西部中央病院でも、同じように付いてきていたかもしれません。もし伊勢戸勝浩さんに竹嶋咲希さんが付き添ってきていたなら、可能性はありませんか」

「ありえへんとは思わんけど、そこの出会いからあそこまで進展するやろか。よほど意気投合せんことには……」

安治川は、橿原通代の外反母趾が手術の必要まではない程度だったが、虹彦の希望によって行なうことになったという医師の話を思い出していた。通代と世津子は、年齢は近いし、容貌も比較的似たようなタイプであった。しかし、身長には差があった。入れ替わりをさせるには、手術跡という特徴もあったほうがいいと考えたのではないか。そのために通代にあえて手術を受けさせたのではないだろうか。

（せやったとすると、世津子は事故死やのうて他殺なんやろか）

突然の事故死を予想して、外反母趾の手術を受けさせるということはありえないだろう。

（けど、あれはどう見ても事故死やで）

安治川のスマホが受信を告げた。芝からだった。芝には、竹嶋咲希の運転免許を調べてもらうように頼んでいた。

「運転免許はあるぞ。十九歳で取得している」

「おおきに、ありがとうございます」

それなら、通代の携帯やクレジットカードの運搬役が務まりそうだ。

「それと、景太郎さんの状態に大きな変化はなく、勝浩は病院から家に戻ったそうだ。彼に気づかれないように、慎重にやってくれ。仮に景太郎さんが亡くなっても、立て続けに世津子さんも亡くなったことにするのは少し不自然になる。勝浩はすぐには行動しない公算が高い。しかしながら、こちらが動いていることを勝浩が知ったなら、むしろ行動が早まるおそれがある」

竹嶋咲希が通っていた高校に足を運んだことで、沢木杏里との接点が摑めた。竹嶋咲希も、杏里と同じ東成区の施設に居住して、そこから通学していたのだ。高校こそ違うが、竹嶋咲希は、施設で沢木杏里の二年先輩だったのだ。

その施設を訪ねて、職員から話を聞く。

少人数制で受け入れをしている施設で、その年代は男子が多かったということもあり、杏里と咲希は二歳差があったがとても仲が良かったという話だった。母子家庭育ちの一人っ子で、母親を病気で亡くして施設に引き取られたという境遇も似ていた。

施設での聞き取りを終えて外に出ると、雪まじりの小雨が降り出していた。

「寝食と苦楽を共にする施設生同士の繋がりは強いと聞いています。杏里ちゃんにとって咲希さんは姉のような存在やったように思います」

「それは想像でけるな」

実の親兄弟との繋がりが希薄だと、その代わりの絆《きずな》を求めるのは人間のサガだろう。とりわけ若い時期は、その傾向が強いと言われている。

「ああ、うちはもっと早うに姉貴分の存在に気づくべきでした」

良美は口惜しそうな声を出した。

「そないな機会があったんか？」

「はい、あったのにスルーしてしまいました。難波署の少年係時代に、ガールズバーで働いていた杏里ちゃんを補導したとき、彼女は面接した経営者から『ホントは十七歳ならNGやけど、君はそうは見えないし、可愛いから採用する』と言われたと話しました。ところがその経営者は、彼女について『十七歳ってことはないですよ。十九歳のフリーターと言っていました。年齢は、健康保険証で確認しました』と供述していたんですよ。そのときは経営者の言い逃れと思っていましたけど、杏里ちゃんが二つ年上の咲希さんの健康保険証を借りて面接に行っていたとしたら、辻褄が合います。うちのミスでした」

「まあ、済んだことはもうしゃあないがな。これからのことが大事やで」

「はい、気持ちを切り替えます。どうやら、構図を描いた首謀者は、姉貴分の竹嶋咲希さんのようですね。日下部君の勤務先に比較的近いファミレスでバイトをしていたのも、彼を監視する目的やったかもしれないです。うちが見かけたのは一度だけでしたけど、あのファミレスで定期的に三人で会うていた可能性もあります」

「わしは、日下部崇明が運転する車で、沢木杏里が臨海署にやってくるのを目撃した。彼女が入っていったあと、運転席で日下部はスマホで誰かと連絡を取っていたけど、その相手は竹嶋咲希やったかもしれへん」

「咲希さんにうちが見つかってしもたことが、悔やまれます。ファミレスの制服姿やったんで警戒を怠《おこた》ってしまいました。これも、うちのミスです」

降り出した小雨に傘を取り出そうともせず、良美は息を吐いた。安治川は傘を広げて、良美を入れた。

「まあ、そない落ち込まんでええがな。ともかくピースは揃うた気がする。けど、まだ謎のままなんが、橿原虹彦はんの転落死や」

「あれは、自殺ではなく、他殺やと思います。虹彦さんが自殺をする理由がありません。遺書には『もうこの歳になってての才能開花はありません』『持った家庭も最悪でした。もっと慎重に結婚すべきだったのです』といったことしか書かれてありませんでした。でもその妻は、おそらく〝ジャルダン・デ・イセ〟に幽閉されて、自分の前から居なくなり、戸籍上は死亡となったのです。リスタートができるのです。自殺場所も、虹彦さんとあまり関わりが出てこない関空近くのビルです」

「せやけど、自筆という壁は厚いで」

「何か方法があるはずです。特殊な方法でそっくりに書くことができるかもしれないやないですか」

「それがでけたら、今の筆跡鑑定制度は意味がのうなるな。仮に他殺やとして、殺害の目的は何なんや」

「うちは、虹彦さんが勝浩さんから離反したので殺されたんやないか、という仮説をこれまでは考えていました。けど、咲希さんの存在を知った今は、考えを変えます。虹彦さんが亡くなったなら、真法院町の財産が杏里ちゃんに行きます。そして姉貴分であり、首謀者である咲希さんがその何割かを取り分にする約束になっていると思います」

「たしかに、虹彦はんが健在である以上は、彼の所有権はそのままや」

　景太郎が亡くなったら、それで遺産相続が始まる伊勢戸家とは違う。

櫨原通代は戸籍上死亡ということになったが、彼女に将来的な相続権がなくなったということに過ぎない。所有者は虹彦ということは変わらない。

「自殺説の根拠のもう一つは、現場のビルの屋上や階段に足跡が一つしかなかったことでしたね。それも屋上に揃えて置かれていた革靴の足跡でした。せやけど、もし虹彦さんが意識を失っていた状態なら、犯人がその革靴を履いて虹彦さんを担ぎ上げて、屋上まで上がるということは不可能ではないです。革靴は最優秀賞トロフィーやポーチとともに、拡げられた風呂敷の上に置かれていたということですけど、風呂敷のおかげで屋上の端っこの足跡は誤魔化せます。ただし、この芸当は女性の力ではまず無理です。うちは、もし他殺ということやったら、離反ということで犯人は勝浩さんやと考えていましたけど、若くて体力のある日下部君ならもっと難易度は下がります」

「杏里が相続できることで、日下部も得るものは大きいな」

「咲希さんと三等分する約束かもしれません。真法院町のあの邸宅は、ほとぼりが冷めたころに売却されるのやないでしょうか」

真法院町の坪単価は百八十万円余くらいということだ。八十坪なら一億五千万円ほどになる。三等分しても約五千万円を得ることができる。

「そしたら、伊勢戸勝浩は、櫨原虹彦の死には関与してへんということか」

「ええ、そうなります。勝浩さんとしては予想外だったと思いますが、世津子さんの死を隠すのに協力してもらっているから、それを明らかにすることはできません」

「あのタイミングで、虹彦はんを亡き者にしたのはなんでやろか？　せなあかん理由があったから実行したと思える」

「それは……杏里ちゃんに日下部君という存在がいることがバレたからやないですか。虹彦さんは当然杏里ちゃんを責めますよね。警察に自首すると言い出したかもしれません。口封じのために、急いだのやないですか」

「それはありうるな。けど、どないして実行するんや」

「杏里ちゃんが睡眠薬を飲ませて、抗拒不能《こうきょふのう》状態にしたのやないですか。自殺ということで解剖されなかったので、睡眠薬の検査もありませんでした」

「せやけど、杏里に若い男がいるとわかったら、虹彦は杏里の言うことなんか聞かへんで。そない簡単に睡眠薬を飲ませることはできひんやろ」

「ああ、そうですね」

「それに遺書の問題もまだ残ったままや。ピースは揃うたと思うたけど、ひょっとすると、まだ他にわしらが知らんピースがあるのかもしれへんな」

9

翌日は、施設から借りた杏里と咲希がいた当時の寮生名簿を手に、コンタクトを持った。高校を卒業すれば、自活して働くのがその施設のルールになっている。二人と同年代の卒業寮生たちは七人いた。万一その中に隠れたピースがいて、こちらが動いていることが伝わるということは避けなくてはいけない。彼らに対しては雑誌の取材という体裁を採って、施設での暮らしぶりや満足度などを電話で訊くことにして、そこから感触を得ることにした。年代的に近い良美が電話をかけることにした。

施設の職員から「この子は、信頼してもらって絶対間違いないです」と太鼓判を押された咲希より一学年下だった男性には、安治川が直接会うことにした。工業高校を卒業した彼は、大阪市の公務員として、市道の管理工営所で働いていた。

「沢木杏里さんは、施設では竹嶋咲希さんといつもいっしょでした。二学年違うけど、まるで双子みたいでしたね。竹嶋さんが先に卒業したことで、沢木さんはとても寂しくしていましたね。僕たちも気を遣って声をかけてみましたが、以前のように活動的な沢木さんではありませんでした。そのあと同じ高校のクラスメートにカレシができたということで、沢木さんはようやく元気を取り戻したように思います」

　そのカレシというのが、日下部崇明だ。

「杏里はんが卒業してからも、二人は仲良うしてはりましたか」

「卒業後のことはよく知りません。あまり交流はないですから」

「施設にいやはったころ、あの二人が他に仲良うしていた人はおりませんか」

「いなかったと思います。さっきも言ったように、竹嶋さんと沢木さんは特別に距離が近かったです。誰も入れない聖域みたいなところがありました」


　良美は、施設の卒業生たちとの電話をとくに成果なく終えることになったが、そのうちの一人である男子大学生が「時間があるので、会ってもいいですよ」と言ってくれた。電話と対面とではやはり得られる情報量が違う。良美は出向くことにした。

　佐山《さやま》という大学生は、杏里と同い年であった。施設を出たあと、二年間働いて学費を貯《た》めて大学に進学したという。

「来年は就活なんですが、マスコミをめざしているんです」

　雑誌社のことを訊いてきたが、良美は適当にかわして、施設での生活ぶりを尋ねた。

杏里から咲希の学年までの施設生は、女子は二人だけで、佐山は彼女たちと距離を感じていたという。

佐山は、高校三年生のときに杏里が補導されたことを知っていた。施設を出る卒園式のときに、杏里が自分からみんなの前で明かしたということだった。杏里は「一度、いけないことやってしまったけど、卒園後はまっとうに生きます」と誓っていたという。咲希に関しては、佐山は「二つ年上だったし、施設で会話をした記憶もほとんどありません。あまり笑わない人でした」と語った。

そのあと、良美は、咲希が商業高校を卒業して就職したアパレル会社を訪ねた。彼女が配属されたのは、北堀江《きたほりえ》にあるレディース向けの販売店であった。咲希は三年ほどで退店しており、当時のことを知る店員は二人だけであった。その二人の評判は「あの子はあまりつき合いがよくなくて、仕事終わりの飲み会に参加したことはほとんどない」「ケチケチしていて、ランチも自前のおにぎりで済ませていた」といったものだった。アパレルを退店した理由は、「このままではアパートの家賃を払うのがやっとの暮らしで、発展性がないと思うから」ということであった。「女優の道が開ければ一攫千金《いっかくせんきん》になるかもしれない」という言葉も洩らしていた。アパレルにいた頃から映画のオーディションも受けていたが、叶うことはなく、演技力を磨くために劇団に入ったようだ。

安治川と良美はそれぞれ消息対応室に戻った。

芝が、竹嶋咲希の戸籍をあげていた。咲希は九歳のときに母親を亡くしていた。兄弟姉妹はいない。

父親は、幼い咲希と妻を残して女のところへ走ったという施設職員の話だった。それ以前から父親と母親は、別居に近い状態だったという。民生委員に連れられて施設に来た咲希は、「お父さんとは暮らしたくない」と明確に意思表示をした。父親は一度も咲希を訪問したことがなく、手紙もまったく届かなかったということだった。

その父親は、現在はまた別の女と結婚して、北海道の釧路で暮らしていることが戸籍からわかった。咲希とは、現在も接点はないと思われた。

「地道に、そして慎重に進めていこう。竹嶋咲希については、劇団時代のことを追っていきたい。沢木杏里については、どうやって橿原虹彦のことを知って近づいたかなど、まだ調べるべきことがある」

芝が次の方針を打ち出しているときに、消息対応室の電話が鳴った。

「もしもし、こちら臨海署の松繁と言います。消息対応室の責任者のかたをお願いします」

「私ですが」

芝はオンフックにした。

「沢木杏里という女性が来庁して、抗議を受けてしまいました。ベイサイドNAビルの転落死事案を、『まだしつこく追いかけているんではないですか』って。われわれとしてはもう処理済みの案件なので『何も動いてませんけど』と答えましたが、『消息対応室の女性警察官が、あたしのことを調べている』って言ってきかないんです。どうなんですか？」

かなり責めるような口調だった。

「抗議があったのはいつなのですか？」

芝は冷静に対応した。

「ついさっきのことですよ。『われわれは何も動いていません』と繰り返し答えると、帰りましたけどね」

「わざわざ来庁してきたのですか？」

「『見てもらいたいものがある』ということでしたから」

「見てもらいたいもの？」

「ベイサイドNAビルで彼女の養親である橿原虹彦が自殺した夜は、『男友達といっしょに東京の新宿《しんじゅく》のライブハウスで開かれたロックコンサートを観に行っていて、アリバイがあります』と、コンサートでの自撮り写真と夜行バスの乗車記録を出してきました。『自殺としてもう終えている事案なので、そういうのは必要ないです』とお引き取りいただきましたが、おたくがまだ調べているというのは本当なんですか？」

「いろんな意味での行き違いがあったんだと思います。臨海署さんには御迷惑をかけてしまって、申し訳ないです。どうもすみませんでした」

芝は調べていることには明言せずに、謝ることで電話を終えた。

「消息対応室の女性警察官って、うちのことですね」

良美が肩を落とした。

「施設の同期生だった佐山という大学生が、向こうから会ってもいいと言ってきました。きっと彼から伝わったのだと思います。もし自分のことで何か調べてくるようなことがあったら連絡するように、と杏里ちゃんから頼まれていたんだと思います。また新しいミスをしてしまいました」

「しかたがないさ。身分は伏せられても顔は隠せない。それにしても、うちに抗議するのではなくて、臨海署に出向いたか」

「アリバイを主張したということですね。虹彦さんが亡くなったときには、東京に行っていたというアリバイを……いっしょに行動していた男友達というのは、きっと日下部君ですね」

「たぶん、そうだろう」

「虹彦さんにその存在がバレたので、日下部君が亡きものにしようとした、という線は消えましたね」

良美は肩を落としたままだ。

今度は、芝の携帯が受信を告げた。

「もしもし……え、そうでしたか……はい……」

芝が、短い応答で電話を終えた。

「伊勢戸景太郎が、先ほど病室で息を引き取った……」

消息対応室の空気が重くなった。

第七章

1

「予想していたより、早かったな」

芝は眉根を寄せた。

「病院で亡くなったのやから、文句なく病死ですね」

良美も言葉に力がない。

「クリニックにも毎週一回通院していたし、がんであったことは明確だ。不審死でも不自然死でもない」

そういう場合は、検視も行なわれない。

「葬儀はどないなるんですか」

安治川が訊いた。

「直葬される予定だそうだ」

「また直葬ですか」

「しかし伊勢戸景太郎の死は、まさに疑うことのない病死だ。金剛山での滑落死や関空近くのビルからの墜落死以上に、疑問の余地はない」

今回の事案の特徴は、関係者が三人亡くなっているが、それぞれ事故死、自殺、病死と判断・処理されて、殺人とされたケースが一つもないということだ。本来なら、警察が関与する事案ではないのだ。したがって、捜査本部が設けられることはなく、それどころか府警の刑事部も所轄の刑事課も動いていない。

ただ、金剛山での滑落だけは死因はともかく、死体の身元のすり替えがなされた可能性がある。亡くなったのは、橿原通代ではなく、伊勢戸世津子であり、そのすり替えのために行方不明者届が悪用された——という疑いがあるのだ。だから、消息対応室が唯一調査を続けている。それが証明できれば、橿原通代が監禁されていることに繋がるかもしれないのだ。

「このままでは、伊勢戸勝浩の思うがままになりそうだ。景太郎さんの存命中は通代さんに手出しできない、という砦は崩れたことになる。ああ、いかん。焦りは禁物だ」

芝は拳を作った。

「勝浩さんのマンションに踏み込めないのですか。これまでとちごて、うちらには〝伊勢戸世津子〟さんの行方不明者届が出ています」

「行方不明者届があっても、それが捜索令状の代わりにはならない。捜索令状を得るには、裁判所を納得させる証拠が必要だ。もちろん場所の特定も必要だ。〝ジャルダン・デ・イセ〟の空き部屋すべて、といった曖昧な請求はできない」

集合郵便受けに名前が出ていても、空き部屋ではないとは断言できない。勝浩がカムフラージュとして適当な名前を書いているかもしれないからだ。

「けど、このままでは、通代さんの命は風前のともしびになりかねません」

「わかっている。だからといって、焦りは禁物なんだ」

芝は珍しく甲高《かんだか》い声になった。

「打つ手はおます――そう考えたいです」

安治川は割って入るように言った。

「どんな手なんですか」

良美は上目遣いで安治川を見た。

「病院で医師が確認をした病死でも、火葬に付すには二十四時間が経ってからやないとあかんのや。つまり明日やないと、なんぼ直葬でも景太郎の火葬を執り行なうわけにいかへん。今からやと丸一日あるんや。その時間を生かしたい」

「うちは杏里ちゃんが臨海署を訪れてアリバイ主張をしたことも、気になっています。なんかダブルショックみたいな感じで頭が混乱しています」

「アリバイ主張の件は、落胆せんでええと思うで。向こうはむしろ追い詰められているという解釈もでける。調べられているさかいに、奥の手の切り札を出さざるをえんようになったんかもしれへん。それだけ、わしらは核心に近づいているとも言えるんや」

「ほんまですか」

「アリバイ主張自体は、嘘やないやろ。崩されてしまう脆《もろ》いものを、利口な向こうが出してくるとは思えへん。そっちよりも、今はせなあかんことがある気がする」

「安治川さんの打とうとする手を具体的に聞かせてくれ」

芝は冷静な声に戻った。

「勝算があるわけやおません。伊勢戸勝浩に、こちらの持ち駒をすべて晒すことにもなります」

「一か八かの賭けということだな」

「そうなります。直葬はおそらく明日ですやろ。そのときが最大で最後のチャンスになるような気がします。その次は、〝世津子〟はんとして通代はんの死亡届が出されるときですけど、そうなってしもてからでは遅いです」

「明日の葬儀場を主戦場にするのか」

「それしかおません。理由なく勝浩を引っ張り出すことはでけしませんよって」

「直葬が済んだら、勝浩はマンションに引きこもってしまうかもしれない。そして、何か巧妙な手を使って、世津子こと通代を自然死に見せかけて殺害すれば、それで一連の犯罪は完成する――そういう結果になってはいけない。府警にあって、われわれ消息対応室だけが、身分すり替えの可能性に気づいているのだから」

　芝は、一呼吸置いて言った。

「賭けをするとしたら、明日しかない。準備できるのは、きょう一日だけだ。府警本部に説明して許可を取っているヒマはない。許可が下りるかどうかもわからないからな」

「言わはるとおりです」

「安治川さん。私は、あなたに賭けるよ。やってみよう」

「うちも、もちろんです」

2

あっという間に一日が過ぎた。

そして、粉雪混じりの翌日を迎えた。

大阪市立南斎場《みなみさいじょう》での伊勢戸景太郎の火葬は、午前十一時から執り行なわれることになった。

同じ時間帯に、十件ほどの火葬が入っている。高齢化社会を迎えて、どこの斎場も満杯に近い状態だ。新しい斎場を作る計画ができても、周辺住民の反対などでなかなか実現はしない。

待機ホールに多くの遺族が詰めてかけていることは、安治川にとってありがたかった。喪服姿で紛れ込んで、勝浩を観察することができるからだ。

勝浩は、咲希を伴っていた。咲希は黒髪のウイッグをかぶり、地味な黒の上下に身を包んで、真珠のネックレスもしていない。

「あれって、世津子さん役なんでしょうか」

良美は、髪をお団子のアップスタイルにして、眼鏡を掛けている。一度、咲希に見られているだけに、慎重だ。安治川は、刑事部時代に知り合った葬儀社に頼んで腕章を貸してもらい、自分と良美の腕に巻いていた。

「たぶん、せやろな。斎場の職員には、妹やと紹介しているんとちゃうか」

「ずいぶん若い妹さんですね」

「これだけたくさんの火葬者とその遺族たちがおるんやから、そんなことを気にする職員はおらんやろ」

「もうすぐ十一時ですね。淡々と進みますね」

「それはしゃあない。病院の医師が書いた死亡診断書があれば、役所はすんなりと埋葬許可証を出す。その埋葬許可証が提出されれば、火葬は滞《とどこお》りなく行なわれる」

「流れ作業なんですね」

勝浩は、咲希とともに順番が来るのを待っている。その表情は、遺族でありながらどこか晴れやかに見える。安治川の隣にいる遺族たちが嗚咽《おえつ》をしているのと対照的だ。

「飛び出して行って、景太郎さんの火葬にストップをかけたい衝動に駆られます」

「気持ちはわかる。けど、今は我慢や」

「景太郎さんが、気の毒です。あの人の経済力なら、立派な葬祭会館で盛大な葬儀もできたでしょうに、直葬で焼かれてしまうのですね。そして義理の息子とはいえ血の繋がっていない勝浩さんが喪主役で、まったくの赤の他人である咲希さんが補佐役となって骨を拾うことになるのですね」

「直葬でも、子供は参加するのが普通や。せやけど、長兄の寛一はんや次兄の利次はんに連絡して来られてしもうたら、世津子はんがおらへんことがバレてしまう。この形を採らざるをえないんや」

「景太郎さんが亡くなったことをいつまで隠しておくつもりなんでしょうか」

「アメリカ在住の寛一はんは数年に一度も帰国せえへんし、多忙な研究者で成功者やから、相続にこだわりはないやろ。けど、利次はんは日本在住やし、経済面でも寛一はんとちごうて、貧乏生活をしてはる。若くして伊勢戸家を出て疎遠にしてる身やけど、実父が亡くなったとなったら何らかの相続権を主張してくることは予想でける」

「そのときに、世津子さんがいなかったら、不審に思われますね」

「せやから、景太郎はんのことも世津子はんのことも、伏せ続けることになるやろ」

「ずっとそうしておくことは難しいですね」

「唯一の方法は、利次はんが何も言えへん状態にしてしまうことや。それも永遠に……通代はんもさることながら、利次はんの命も危うなる。そのことも心配や」

「茶屋町の〝ジャルダン・デ・イセ〟は、たしかにいい場所にあります。資産として魅力はあるでしょうが、だからといって人の命を奪うなんて」

「あれだけの便利なロケーションやと、部屋の広さや駐車権の有無にもよるけど平均して一室十二万円くらいが家賃相場や。二十室ほど入居してはるさかい、毎月の家賃収入は総額で二百四十万円くらいになるやろ。なんも働きに行かへんでも一年に二千八百万円ほどが懐に入ってくる。その味をしめてしもうたら、手放すことはできひんようになる。哀しい人間の本能やで」

「そんなのせつな過ぎます」

「もちろん人の価値観はさまざまや。犯罪までして金を優先する者は少数派やろ……そう信じたい」

「うちもそう思います」

「少数派であってもゼロやない。せやから警察が必要なんや。ほんまは警察官がいいひん世の中が理想なんやけどな」

安治川のスマホにメールが届いた。

「室長からや。こちらに到着してスタンバイでけたということや」

芝には、朝早くから〝ジャルダン・デ・イセ〟の前で張ってもらっていた。そして、沢木杏里と日下部崇明が入っていくところが確認できた。入れ替わるように、伊勢戸勝浩と竹嶋咲希が喪服姿で出てきた。杏里と日下部は二人とバトンタッチして、軟禁されている通代を監視して世話をするのだろう。

勝浩と咲希が、斎場職員に声をかけられて、立ち上がった。火葬炉の前に誘導されて、棺の中の景太郎と最期のお別れをするのだ。

「どんな気持ちなんでしょうか」

「さあな。この日のために、肩身の狭い婿生活を耐えてきたというところかな。どの火葬炉に案内されるか、見といてや」

安治川は、待機ホールを飛び出した。斎場の中庭に、待たせている人物がいた。

「えらい待たせてしもて、すんまへん。来とうくんなはれ」

「この恰好で、本当に大丈夫なんですか」

そう訊いてきたのは、グレーのジャケットに黒のネクタイをした伊勢戸利次だった。

「斎場にドレスコードはおませんで」

昨日、広島に住む利次のところを安治川は訪ねた。利次は、そのときから喪服を持っていないことを気にした。安治川は喪服を用意しようかと思ったが、むしろ平服のほうがふさわしい気がした。彼は、実父の死を知らされておらず、急遽駆けつけることになったからだ。

「親不孝な息子でしたから、叱られそうです」

利次は進めた足を止めた。手には、安治川が用意して渡しておいた菊の花束を持ったままだ。

「お詫びしはるんやったら、父上のお顔を拝める最後のチャンスである今しかおません。さあ、行きましょうや」

安治川に二の腕を引かれながら、利次は再び歩を進めた。

「こっちです。急いでください」

待機ホールで良美が手を上げる。良美も安治川も、葬儀社の腕章をしているので、地理に不案内な参列者を導いているかのように端《はた》からは見えるだろう。

「ちょっと待っとくなはれ」

利次を連れた安治川は、景太郎の棺に向かって手を合わせている勝浩と咲希の背中越しに声をかけた。良美は少し離れた位置に待機した。

「義兄《にい》さん、どうしてここが？」

振り向いた勝浩が驚いた。

「いくらなんでも、知らせがないのはひどいじゃないか」

「普段から、病気になった自分の親のことを私に任せっきりだったじゃないですか」

「それでも葬儀くらいは……この女は何者なんだ」

利次は、咲希を指さした。

「えらそうに言わないでくださいよ。それより、この男は誰ですか？」

勝浩は負けていない。安治川を顎で示して訊いた。

「あのう、申しわけありませんが、そろそろ予定時刻です。本日はいつもよりタイトスケジュールですので」

遠慮がちに斎場職員が申し出る。

「すんまへん。献花《けんか》をしとくなはれ」

安治川は、利次を促す。前に出た利次は菊の花を棺に入れた。

「父さん。期待に応えられなくてごめんな。これでも、自分なりに一生懸命に頑張ったんやけどな」

利次は、目を潤《うる》ませながら棺の中の景太郎に詫びを入れた。

「お名残《なごり》、尽きませんが……」

再び斎場職員が遠慮がちに促す。

「ありがとうございました。すみません」

利次は斎場職員に頭を下げた。

棺が閉じられ、スイッチが入れられて、ゆっくりと火葬炉に入っていった。

「次のかたが来はりますので、中庭に出まひょ」

安治川が提案する。

「だから、あんたは誰なんだ」

「中庭で自己紹介しましょうや。お互いに」

咲希は、目をそらして立ち去ろうとした。良美がその前に立ちはだかる。

「うちのこと、覚えていますね」

3

「早くすませてくれ」

勝浩は、苛立《いらだ》ちを含んだ声で言った。中庭からは煙突が見える。景太郎をはじめ何体もが焼かれている煙が昇っている。

「お骨上《こつぁ》げまで約一時間の予定です。あわてることはおませんやろ」

「それはそうだが」

火葬中は、勝浩は帰るわけにはいかない。

「自己紹介でしたな。わしは、大阪府警の安治川です」

「同じく新月です」

良美は、咲希が再び逃げないようにすぐ横に立っている。

「勝浩君、この女性は？」

利次が尋ねる。

「竹嶋咲希さんだ。演劇評論家である私を手伝ってもらっている」

「そうなんですか。それで、世津子はなぜ来ていないんだ」

「骨を見るのは苦手なので来たくない、ということでした。無理やり来させるのはおかしいでしょう」

「久しぶりなので世津子に会いたい。どこにいるんですか」

「実は、いろいろありまして、ちょっと別居しているんですよ」

「別居？　どこで？」

「わかりません。葬儀のことを伝えたあと、着信拒否にされてしまい、繋がらなくなりました。夫婦喧嘩は犬も食わないというやつですよ」

中庭まで歩いてくる時間で、勝浩は必死に考えたのだろう。

「この若い女性が原因で、世津子と喧嘩したのか」

「いえいえ、彼女は関係ありません」

　安治川が半歩進み出た。

「実は、伊勢戸世津子はんについての行方不明者届が利次はんから出されました。わしら警察は、所在を確認する必要がありますんや」

「今言ったように、所在は知りません。携帯も繋がりません」

「利次はんがかけても、携帯が繋がりませんでした。せやから行方不明者届が出されたんです」

「知らないものは知らないとしか言いようがないです。夫婦間のプライベートなことに、警察や義兄さんが首を突っ込んでくるのは不本意です」

　勝浩の言葉に、利次が反応した。

「首を突っ込んでくるのは不本意……世津子と勝浩君は確かに夫婦だが、私と世津子は兄妹なんだぞ。知る権利はある」

「そんな知る権利なんて勝手なこと言わないでください。これまで疎遠にしておきながら」

「疎遠は申し訳なかったと思う。しかし、妹と音信不通になったら、兄としては無事かどうか知りたいのは、当然のことじゃないか」

「音信不通になっているのですから、しかたがないです。私だって、行方は知りたいです」

「勝浩君は、無能な私を一段下に見ているな。知らない、わからない、と言っておけば通せると考えている」

「そんなことはないですよ。こうして警察まで立ち会っているのに、嘘はつけませんよ。世津子が家を出て行ってからも、お義父さんの介護を私は懸命にやりました。なのに、とやかく言われるなんて、たまりませんよ」

堂々巡りになりそうな展開を、別の人物の登場が打ち破った。

「父の介護をしてくれたことには、感謝する」

「えっ、義兄さんも」

勝浩は目をむいた。

芝に伴われて、アメリカから寛一がやって来た。

「つい先ほど、大阪に到着した。父の骨は拾わせてもらうよ。それから、私は父の相続人として、君と話がしたい」

「そんな……寛一義兄さんは、研究開発をしたテクノロジーの特許をいくつも持っていて、毎年十万ドル以上のパテント料が入ってくるそうじゃないですか。それでも、まだ欲しいんですか」

「相続するかどうかは、資産の実情を見てから決める。〝ジャルダン・デ・イセ〟を見せてもらおう」

「急に言われても困ります。それに、義父さんが亡くなったばかりの斎場で、相続の話なんて不謹慎ですよ」

「私は、あまり長時間は日本に滞在できない。万障繰り合わせて来たんだよ。不謹慎と言われようが、ここで話をさせてもらう。マンションの実情を見たうえで、相続放棄するかどうかも決める。空き部屋も含めて見たい」

「トイレに行かせて」

咲希が良美に小声で言った。

「待って。行くならうちも付いていくわよ。その前に、スマホを預からせて」

「どうしてよ」

「連絡するつもりなんでしょ。沢木杏里ちゃんに」

「違うわよ。スマホを出せなんて、人権侵害よ」

「訴えるなら、訴えてもいいわよ」

咲希は良美を突き飛ばして逃げようとした。芝がすぐに横から押さえる。

「今のは、公務執行妨害罪になる可能性がある」

咲希は、芝を睨《にら》みつけた。

安治川はさらに前に半歩進んだ。

「伊勢戸勝浩はん、冷静に考えてくれやす。〝ジャルダン・デ・イセ〟は、景太郎はんが亡くならはって相続財産となりました。相続人は、寛一はん、利次はん、世津子はんの三人です。たとえ遺言状があったとしても、三人は遺留分の権利を有します。その人間が、〝ジャルダン・デ・イセ〟を見たいと言わはったら、それは拒否でけしまへん」

「警察が、義兄たちに連絡して、ここに来させたのか」

「景太郎はんが亡くならはって、直葬によってきょう火葬されるということは事実です。嘘を伝えているわけやおません。むしろ、あんたのほうがそれを黙っているという、したらあかんことをしてはるんやないですか」

「直葬することを義兄たちに知らせなかったのは、法律違反ではない」

「その理屈は、誰から教えてもらわはったんですか？」

「別に教えてもらってはいない」

「そうですやろか。勝浩はん、もうそろそろ自分の立ってはる位置を、客観的に見はったほうがええんとちゃいますか。最初の青写真と、現状はちごてきているはずです。そもそも、寿命が尽きかけている景太郎はんよりも先に、世津子はんが金剛山で転死してしもたということが、大きな誤算でした。大阪府下の最高峰とはいえ、道に迷う遭難はともかく、死亡事故はそうそうあらへんのに、それがあったことで青写真は全面的に書き換えになりましたな。いや、書き換えてもろた、と表現すべきですかな」

「いったいどんな青写真というんだ」

「聞いてもらえますか。ほな、場所を移させてくなはれ」

芝が安治川の言葉を引き取った。

「斎場の事務局に頼んで、会議室を貸してもらえることになりました。さあ、どうぞ」

4

狭い会議室であったが、ホワイトボードがあった。

勝浩と咲希が並んで座り、良美と芝がサンドイッチのように挟んだ。対面した席しか空いていなかったが、寛一と利次は離れて座った。平素から交流がないということなのだろう。安治川はその兄弟の間に座った。火葬炉から骨が出てくるまでの一時間足らずがタイムリミットであった。

「まずは人物関係図を敬称略で書かせてもらいます。わしは字が下手ですよって」

安治川は、フェルトペンを立ち上がった良美に渡した。

「伊勢戸家と橿原家の家族のみなさんのほかに、伊勢戸勝浩はんには竹嶋咲希はん、橿原虹彦はんには沢木杏里はんというそれぞれ親密な女性がいやはります。二人の女性は、東成区の施設で育った先輩と後輩でしたな。そして杏里はんには、高校時代の同級生やった日下部崇明という若者が影のように寄り添うてます。まずはここまで、よろしいですやろか」

良美が人物関係図を書き終えたのを確認してから、安治川は続けた。

「さて、当初の青写真ですが、まだ誰も亡くなっておらず、行方不明にもなってへん段階の話です。伊勢戸景太郎はんは、がんのステージがかなり進んで緩和《かんわ》ケアの段階となり、少しの命が残されているという状態でした。寛一はんは、この段階では遺産についてどない考えてはりましたか？」

「父は高齢ですから、いずれはきょうのような日が来ることは予想できました。私自身は充分な収入のある身ですから、両親の面倒をみてくれた世津子が相続すればよいと、放棄を考えていました」

「利次はんは、どないでしたか」

「私は、兄さんと違って不肖《ふしょう》の息子なので、親から遠ざかって生きてきました。自分自身も病気持ちなので、少しは遺産が欲しいと思っていましたが、送金もしてもらっていましたので、厚かましいことは考えていません。現金で一千万円ほどあれば、いずれは年金も入ってくるので、あとはやっていけます。世間一般からしたら一千万円は多額かもしれませんが、〝ジャルダン・デ・イセ〟の資産価値から比べたらつつましいものですよね」

「お二人の兄がそういうことでしたんで、世津子はんが〝ジャルダン・デ・イセ〟をもらえるということは、勝浩はんも予想でけたと思います。それがあったんで、婿として我慢してきはったんやないですかな。こういう言いかたは失礼かもしれませんけど、景太郎はんは昔気質の厳しいキャラクターやったんで、寛一はんも利次はんもいっしょに暮らさはらへんかったんとちゃいますやろか」

「それは認めますよ。『男というもんはもっとしっかりせなあかん。弱音はぜったい吐くな』が何かにつけての口癖でしたから」

寛一がそう言い、利次もうなずいた。

「勝浩はんにとっては、本来ならきょうが待ち望んだ日でした。そのあと後日、世津子はんがおらんようになったら、劇団関係で知り合うた若い咲希はんと、失のうてしもうた青春を取り戻すことがでけて、万々歳ですよね」

勝浩は黙したまま、肯定も否定もしない。

「勝浩はんに似て、嫁との生活に辟易していた夫がいました。橿原虹彦はんです。相違点は、虹彦はんが歯医者として財をなした父親の実の息子であって、すでに真法院町の邸宅を相続で取得してたことです。ただ、若気の至りで結婚した年上の通代はんには、若年性のアルツハイマー型認知症の傾向が見られて、今後の苦労が予想でけました。虹彦はんには弟子入りを希望してきた沢木杏里という魅力的な女性がいました。〝女房と畳は新しいほうが〟という有名な言葉がおますけど、古女房よりも若い女性に惹かれるのは、男の生物学的本能やそうですな。まあ、ここではその議論は横に置いときますけど、同じように若い女性との再スタートを願うた二人の男性がいたのは事実ですのや。若い女性同士が、施設時代からの親しい仲やったということは知らんだはずです。勝浩はん、どないでしたか？」

「知るわけがない」

勝浩は短く答えた。

「古女房である世津子はんと通代はんは、年齢も近うて、身長こそかなり差がおましたけど、風貌《ふうぼう》は少し似てました。そのことが偶然やったかどうかは、これも今は横に置いときます。二人の違いは、世津子はんには父親の相続資格があったことと、学生時代はワンゲル同好会所属で卒業後も登山を嗜んではること、それに対して通代はんにはこれといった財産はなく、インドア派で、最近ではアルツハイマー型認知症の傾向があったことです」

良美が立ち上がって、ホワイトボードの世津子と通代を、それぞれ四角で囲んだ。

「うちから補足させてもらいますと、お二人には、もう一つ共通項がありました。世津子さんは大阪西部中央病院で外反母趾の手術を受けてはります。通代さんも症状としては軽いものの、外反母趾でした。四十代から六十代の女性の四人に一人が外反母趾だという統計がありますので、同時期に患ったこと自体が不自然とまでは言えないでしょう。通代さんは手術の必要はなかったのですけど、虹彦さんの希望で同じ病院での手術となりました」

「外反母趾の、それも手術という共通項をあえて作ったんやと、わしは考えています。

伊勢戸世津子と櫃原通代という二人の女性を、将来的に入れ替わらせることが青写真の一つやったわけです。もちろん、景太郎はんが病死しはったあとです」

安治川は、赤いフェルトペンで世津子と通代を二本の矢印で交互に結んだ。

「通代はんには、認知症の傾向が見られました。夫の虹彦はんにとっては先が思いやられるやっかいなことでした。けど、認知症は利用でけるツールでした。当初の青写真は、こうやったと思います。まず第一弾として、景太郎はんの病死後しばらくしてから、世津子はんを勝浩はんが殺害します。マンション最上階という密室的状況での犯行なら、簡単には発覚せえしません。第二弾として、通代はんをマンションの空き室に幽閉《ゆうへい》します。そして第三弾として虹彦はんが通代はんの行方不明者届を提出します。これはあくまでも通代はんを通代はんとして届け出ます。つまり世津子はんとの交換なしの行方不明者届です。ほんまは通代はんは幽閉されているのですけど、虹彦はんと勝浩はんの関わりを含めて、それは外からはわからしません。認知症の傾向が見られるという程度のものですさかいに、警察はある程度は探すかもしれませんけど、徘徊《はいかい》するといった重度のもんやのうて、医師の正式診断も受けてへんかったなら、一般行方不明者にします。認知症の自覚がない者が自発的蒸発するということは充分にありえることです」

安治川は、ホワイトボードの赤いフェルトペンの矢印をいったん消した。そして世津子を亡くなったという意味で×を付け、通代に行方不明と書き込んだ。

「今度は私から補足します」

芝が軽く手を上げた。

「虹彦さんにとって、通代さんの行方不明者届を出すメリットはのちのち出てきます。七年間行方が知れなかったなら、失踪宣告《しっそうせんこく》を受けることができるからです。それによって、虹彦さんは名実ともに独身となれます」

安治川が続ける。

「さて、青写真の第四弾として、幽閉された通代はんと殺害された世津子はんが入れ替わります。ただし、ここでは行方不明者届は絡んでけえしません。通代はんは蒸発した行方不明者のままです。そんな通代さんに世津子さんのクレジットカードや保険証やスマホを持たせたうえで、発見されやすい場所——たとえば神社の階段などへ連れ出して事故死に見せかけての転落をさせます。この実行犯は、杏里はんに強くそそのかされた虹彦はんやと考えます。勝浩はんと咲希はんは、そのときはアリバイを作っておくわけです。発見者は誰でもかましません。警察は、まず所持品で転落した女性を、〝世津子〟はんと捉えて、家族である勝浩はんに連絡します。勝浩はんは遺体確認をして、転落死した通代はんが〝世津子〟はんとなります。ここは行方不明者届を利用せえへん入れ替わりです」

「つまり、亡くなったのは世津子ということになり、通代という女性は行方不明のまま、ということですな？」

寛一が確認した。

「そうですのや。亡くなったのはあくまでも〝伊勢戸世津子〟はんです。入れ替わりのための行方不明者届の悪用はありませんでしたけど、外反母趾の手術の事実は使われたと思います。そして事故死を示唆する現場状況があって、利害関係人である勝浩はんや咲希はんのアリバイが明確なら、事故死となります」

「しかし、通代という女性は行方不明のまま、実際は死んでいるんですよね。あ、そうか。事故死一名と行方不明者一名ということであっても、七年後には失踪宣告で死亡扱いになるから、最終的には死者二名となるわけか」

寛一が納得した表情で言った。

「そういうことですのや」

「世津子の死は、私や利次には知らされないわけか」

「直葬後には連絡はありましたやろ。もう骨になったあとなら……その少し前に景太郎はんは病死してはって、そんときはちゃんとした葬儀もあったことやろと思います。『立て続けに来てもらうのは申し訳ないので、こちらで対応することにしました』という理由付けはでけました」

「勝浩君ならやりかねないな。しかし、利次が『もっと遺産をほしい』と言わないとは限らないだろう」

寛一は、利次のほうを向いた。利次は、微妙な表情になった。きょうの彼は「現金で一千万円ほどあれば」と言ったが、この場での話ということでそう矛《ほこ》を収めただけかもしれない。あまり欲の張った男ではないだろうが、いざ相続ということになったらもっと上積みしてくる可能性はあった。利次にとって、まとまった財産が入ってくるチャンスなどもう二度とないことなのだ。

「青写真には、まだ続きがおます。勝浩はんにとって、邪魔な人物があと二人いました。相続権があってそれを要求してくるかもしれない利次はんと、協力したうえに通代はんを殺害した虹彦はんです。この二人がおらんようになったら、もう天下です」

安治川は、ホワイトボードの利次と虹彦を、青色のマーカーで丸く囲んだ。残るのは、遠くアメリカに住んで、研究が忙しく、毎年十万ドル以上のパテント料が入ってくる富裕な寛一だけだ。

「青写真の第五弾として、勝浩はんは利次はんを大阪に呼びます。たとえば、『世津子が亡くなったので本人の希望もあって直葬にしましたが、初七日には来てもらいたいです』といったふうな口実は使えましたやろ。そして、〝ジャルダン・デ・イセ〟という閉鎖空間で、やってきた利次はんを監禁します」

「おい、いい加減にしろっ。根拠も証拠もなく、凶悪犯呼ばわりしやがって」

それまで黙っていた勝浩が口を開いた。咲希のほうは、うつむき加減のままじっと動かない。

「ええ。あくまでも景太郎はんが一番最初に亡くならはったら、という仮定での話です。証拠はおません」

「そんな仮定の話にはつき合ってられん」

「勝浩君、私は聞きたいね。全部聞いたうえで、君が否定するというのなら否定したらいい。それとも、現段階ですでに心が苦しいのかね」

寛一が勝浩を遮《さえぎ》るように言った。

「私も同じです。自分が監禁されて、そのあとどうなったか、気になります。どうか続けてください」

利次もそう言葉を発した。

「ほなら、続けさせてもらいます。利次はんを監禁したあと、勝浩はんは櫃原虹彦はんにこう持ちかけます。『身分を替えて伊勢戸利次として生きていきませんか』と」

安治川は、丸く囲んだ利次と虹彦を二本の矢印で結んだ。

「この二人の男性の身分の入れ替わりが、今回の青写真のミソであり、オリジナリティのあるところです」

「なぜ、入れ替わる必要があるんだね。その櫃原虹彦という男のことをまったく知らないが、私がもし彼ならそんな他人との入れ替わりはしないがね?」

寛一が疑問を呈した。

「もっともな御質問です。櫃原虹彦はんについて、もう一度整理しておきます。彼は、通代はんとの結婚を失敗やと思い続けてきたものの惰性のように続けていたのですが、沢木杏里という若い女性が現われたことで大きく変わりました。ボンボン育ちやった彼は、沢木杏里から持ちかけられて、先ほど言うた青写真に協力しました。通代はんは行方不明となり、七年間行方がわからず生死不明なら失踪宣告を受けて、死亡扱いになります。けど、七年は短いようで長いです。その間は櫃原虹彦はんは再婚でけません。せやけど、もし沢木杏里と養子縁組をしたら、堂々と彼女との同居生活がでけます。虹彦はんはそう持ちかけられました。虹彦はんは、それを受け入れてまず養子縁組をして、失踪宣告が出たなら正式に沢木杏里と結婚したらええと考えたと思われます」

「うん、そこは理解できる。七年間じっと待つわけではないわけだからな。しかし、それと身分入れ替わりがどう結びつくんだね？」

寛一が言葉を挟んだ。

芝が手を挙げた。

「私事でありますが、実は自分は、事件で両親を失った男の子を養子縁組で子供にしています。それで養子縁組制度を勉強することになったのですが、世間一般ではあまり知られていない制約がいくつかあります。その一つが養子縁組をした者同士では結婚できない、という民法七百三十六条の規定です。たとえ養子縁組を解消したとしても、過去に養親と養子の関係にあったのならダメなのです。つまり、橿原虹彦さんは念願の沢木杏里さんとの結婚が永遠にできません……虹彦さんはそんな制約を知らないで、沢木杏里さんと養子縁組をしたのでしょうが、いったんしてしまった以上は、知らなかったといって許されるものではないのです」

「それを回避する方法が一つだけありますのや。橿原虹彦はんは、別人になったら杏里はんと堂々と結婚でけます。誰になるかは、もうおわかりですやろ」

「監禁された私ですね」

利次は、自分の顔を指さした。

「そういうことです。監禁された利次はんは、食べ物や水を与えられますが、味付けを選択する自由はありません。辛口カレーのような濃い味の物に睡眠薬が混ぜられていても、腹が減っていたら一気に食べてしまいます。そうやって意識のなくなった利次さんを車に乗せてビルの屋上に運んで、足跡に気をつけて墜落させます。そのときに、利次さんには橿原虹彦はんの保険証やスマホを持たせておきます。自殺ということをはっきり確定させて、警察に捜査をさせないために、虹彦はん自身が書いた遺書を屋上に置いておきます」

「はあ、そういうことか……その沢木杏里という女性が、私の遺体を『橿原虹彦さんに間違いないです』と言えば、私は別人として死ぬんだな」

利次は、溜《た》め息《いき》をついた。

「警察は、事件性がないということがはっきりしたら精査はしまへん。日本の自殺者数は、年間で約二万人になりますのや。そのうちの約七割は男性です。自筆の遺書があれば、ほぼ確実に自殺と判断されます」

「私はそうやって突き落とされて死んだのにもかかわらず、〝伊勢戸利次〟としては戸籍上はまだ死んでいなくて、行方不明となるわけだな。私には同居家族がいないから、消息が絶えても誰も行方不明者届を出さない。つまり、行方不明者にもならないわけか」

利次は、もう一度溜め息をついた。

「そういうことです。ビルから墜落死したのは、ほんまは利次はんやのに、橿原虹彦はんが死んだことになり、橿原虹彦はんは〝伊勢戸利次〟として杏里はんと結婚します」

「はあ……行方不明者届を出す同居家族がいなかったら、誰も不審に思わないよな」

利次は、力なく首を振った。

「この青写真には、まだ続きがあると思うてます。そのあと、〝伊勢戸利次〟となった虹彦はんは、妻の杏里はんによって〝伊勢戸利次〟はんとして行方不明者届を出されたうえで、事故死に見せかけて殺されます。そして杏里はんが遺体確認をして、〝伊勢戸利次〟として虹彦はんは亡くなります」

「つまり、二人は入れ替わったうえで、どちらも殺されるのか……まさしく鬼畜《きちく》のような青写真だな」

寛一は唸《うな》った。

ホワイトボード上では、伊勢戸景太郎、伊勢戸世津子、櫂原通代、櫂原虹彦、伊勢戸利次という五人に斜線が引かれた。病死は景太郎だけだ。

櫂原虹彦の遺産は、最終的には沢木杏里と日下部崇明が手にした。伊勢戸景太郎のマンションは、伊勢戸勝浩と竹嶋咲希が継承した。

「勝手な想像でごたくを並べるのは、もういい加減にしろ」

勝浩が机を叩いた。

「勝浩はん、よう考えてみとくなはれ」

安治川は動じない。

「何を考えるんだ」

「この青写真では、あんたは二人をマンションに監禁します。世津子はんと利次はんです。しかも一番手で世津子はんを殺してしもうてますので、もう後戻りでけしまへん。わしは、〝本物の櫂原通代はんを事故死に見せかけて殺害するのは虹彦はんが実行者〟というふうに言いましたけど、これももし虹彦はんが嫌がったなら、あんたがせなあかんかったでしょう。本物の利次はんを墜落死させるのも、最後に虹彦はんを殺すのも、世津子はんを殺したことが弱みとなって、あんたがさせられた可能性があります」

安治川は、ホワイトボード上の四つの斜線を、すべて勝浩に結びつけた。

「竹嶋咲希はんもそれを手伝うことになったかもしれまへん。せやのに、日下部崇明はんと沢木杏里はんの二人は、ほとんど動いてしません。虹彦はんに遺書をしたためさせることは杏里はんが持ちかけたでしょうが、それだけかもしれへんです。うまく立ち回ったら、殺人はすべて勝浩はんにさせて、自分たちの手はほとんど汚さんと済むのです」

5

沈黙が会議室を取り囲んだ。ホワイトボードは、いろんな色で書き込まれている。

良美が、沈黙を破るかのように発言を求めた。

「うちは東成区の施設を訪ねて、杏里ちゃん、いえ沢木杏里さんが竹嶋咲希さんの二年後輩で姉妹のように仲が良かったという話を聞きました。先輩後輩という関係から、竹嶋咲希さんのほうが主導権を持っていたと思いました。せやけど、施設を卒業して杏里さんはもう五年が経ちます。竹嶋咲希さんにとっては、七年前のことですよね。その間に、関係が逆転することはありえます。とりわけ女性にとっては、十代後半から二十代前半はいろんな意味で成長期です。さらに、杏里さんには日下部君という存在がいました。咲希さんにも、そのような男性がいやはったんですか？」

　咲希はかすかに首を横に振った。

　安治川も一時期は、黒幕は咲希ではないかと考えたことがあった。臨海署の駐車スペースにセダン車を停めた日下部が、スマホで連絡を取っていたからだった。だが、あれは仕事を抜けさせてもらった上司に「すみません。できるだけ早く戻ります」というものであったことが、上司への聞き取りを昨日したことで判明した。

「わしは、青写真の構想を描いて司令塔の役割を陰でしたのは、日下部崇明やと思うています。彼は、高校中退でありながら宅地建物取引士の試験に短期間の勉強で合格した切れ者です。宅地建物取引士の試験科目には、養子縁組制度を定めている民法も含まれます。そういった知識を悪用して、ええとこ取りをしようとした姿が想像でけます。最終的には、勝浩はんと咲希はんは手を汚す役をさせられて、彼らに利用されてしもたんやないですやろか」

　勝浩と咲希はお互いの顔を見合わせた。だが、言葉は発しない。

　寛一が低い声で訊いた。

「安治川さんでしたな。青写真の説明は、少しややこしかったですが、理解はできました。しかし、現実は青写真とは違ったのですな?」

「ええ。最大の誤算は、病身の景太郎はんより先に、世津子はんが金剛山で滑落事故死をしてしもうたことです。わしも現場に足を運びましたが、滑落した渓谷に固い岩があり、そこへ頭蓋骨が最も薄いと言われている側頭部を世津子はんはぶつけてしもたんです。そうそう起こらへん確率やと思います。世津子はんは、ほんまお気の毒でした。けど、こんな言いかたしたら不適切かもしれませんけど、神様は青写真の奸計《かんけい》が実行されることを許さはらへんかったのかもしれません」

安治川は、ホワイトボードを書き直して、最初の人物関係図に戻した。

「景太郎はんが亡くなる時点で、世津子はんが生きてはらへんかったら、遺産を世津子はんは相続することがでけまへん。せやから、夫の勝浩はんはなんも手にでけへん結果となります。そのために、青写真を急遽変更して、金剛山で亡くなったのは〝伊勢戸世津子〟やのうて〝橿原通代〟やという入れ替わりをする必要がでけました。橿原虹彦はんにも協力させて、その入れ替わりが素早く実行されました。当初の青写真に比べて、勝浩はんにとっては〝伊勢戸世津子〟が生きているということにしなくてはならへん苦労が増えました。一方の橿原虹彦はんにとっては、〝橿原通代〟の死が早う訪れるええ結果となりました。しかも、勝浩はんが監禁して、景太郎はんの死後に殺害までしてくれるわけです」

安治川は、ホワイトボード上の世津子に斜線を引いて、通代に点線で斜めの線を入れた。

「青写真の発案者である日下部崇明と沢木杏里にとっても、誤算の結果です。榲原虹彦はんが死なんことには、真法院町の不動産は手に入らしません。そこで青写真の後半を変更しました。養子縁組を虹彦はんにさせて、養子縁組を一度したならもはや結婚対象にはできひんという部分は活かして、利次はんとの入れ替わりを提案して、沢木杏里は虹彦はんに遺書を書かせます。それによって、虹彦はんを自殺に見せかけて殺害することができたのです。虹彦はんは、いったん養親と養子の関係になっても解消したら結婚でけると思うてはったに違いありません。発案者の日下部崇明も、その指示を受けた沢木杏里ももちろん知っていたわけですが『知らなかったのよ。だけど、方法が一つあるわ』と欺《あざむ》いて、利次はんとの身分入れ替わりと遺書をしたためることを提案しました。あの遺書に、沢木杏里のことが出てきいひんかったんは、遺書の文面も沢木杏里が用意して、惚れていた虹彦はんがそれに従って書いたからです」

良美が、安治川の言葉を引き取る。

「うちは、睡眠薬で眠らされた虹彦さんを担いで非常階段を屋上まで上がる、という体力のいる役割を若い日下部崇明がしていたと考えました。なぜなら、虹彦さんの死で、トクをするのは沢木杏里、ひいては日下部崇明だからです。せやけどおとといに、二人は〝東京に行っていた〟というアリバイの主張をしました。警察に嘘を言ったとは思えません。そうなると、その仕事をしたのは、勝浩さんだったのではありませんか。仕事をしたと言うよりも、させられたと言うほうがいいかもしれません。日下部崇明のアイデアのおかげで、世津子さんが通代さんと入れ替わってまだ存命だということにできたのですからね。だけど、よく考えてみてください。あなたは虹彦さんを墜落させて殺害し、監禁している通代さんを近いうちに殺すのですよ。二人を殺したことで負い目を背負い、日下部崇明に弱みを握られ続けることにもなるのですよ」

「勝浩はん、あんたは日下部崇明にええように利用されていると思わはらしませんか。咲希はん、あんたも後輩である沢木杏里にうまいこと操《あやつ》られていると感じはりませんか」

安治川は、ホワイトボードを軽く叩いた。

芝が立ち上がった。

「踏みとどまるなら、今ですよ。通代さんの解放は可能なんですから。それに、世津子さんを生きているように見せかけたことは、それほどの重罪にはなりません。虹彦さん殺害は、残念ながらもう元に戻すことはできません。それでも、自分がやったことを認めて、事実関係を自供すれば、裁判で情状酌量《じょうじょうしゃくりょう》が認められることでしょう」

　また沈黙が流れた。

「あたし……本当は怖かったのです」

　咲希が聞き取れないほどの小さい声で言った。

「そもそもの始まりは、あたしが劇団で頑張っていた頃に、勝浩さんと知り合ったことです。杏里ちゃんとはお互いが卒園後もときどき会っていて、勝浩さんから交際を申し込まれたことを話しました。相談してアドバイスを得たかったんです。おっしゃるように、先輩と後輩の関係はもう逆転していたかもしれません。杏里ちゃんは、勝浩さんのことを調べて、交際を受け入れるように勧めました。そのあと、あたしに計画を持ちかけました。まさに指摘された青写真のとおりです。勝浩さんに話しましたが、彼は最初はためらいながらも受け入れませんでした」

　咲希は勝浩のほうを見た。

「そうでした。リスクが大きいと思いました」

　勝浩は、かすかにうなずいた。

「世津子の外反母趾手術は必要だったので、やったことです。そのあと通代さんが同じ手術を受けたと知って、少し驚きました。しかしそのときは、それでもまだ受け入れるかどうか迷っていました。すべては、予期せぬ世津子の滑落死から始まったのです。このままでは、私は長年ずっと我慢してきたのに、〝ジャルダン・デ・イセ〟を手に入れるどころか、出ていかなくてはならなくなりました。そんな割に合わないことはしたくありません。そこから、渦に巻き込まれるように、急にぐるぐると動かされていきました」

6

景太郎の骨を拾い上げたあと、一行は〝ジャルダン・デ・イセ〟に向かった。

最上階のリビングで、宅配寿司を食べて待っていた杏里と日下部は意外な表情を隠すことができなかった。骨壺《こつつぼ》を持った勝浩と咲希の二人だけが戻ってくると思っていたのに、何も知らせていないはずの寛一と利次がアメリカと広島からやって来て、さらに安治川たち三人が同行しているのだ。

「大阪府警の者です。このマンションの空き部屋を確認させてもらいましょう」

芝が、警察手帳を提示して、そう切り出す。

「勝手にそんなことしないでくれ」

日下部は、両手を拡げた。

「勝手にするのではありません。所有者の同意を得ています。景太郎さんが亡くなられたので、このマンションは、ここにおられる長男の寛一さんと次男の利次さんのお二人が相続して所有者になったのです。日下部崇明さん、あなたは所有者ではないのですから、止める権利はありません。勝浩さんから委任を受けたと主張するつもりかもしれませんが、勝浩さんには相続権はないのです。あなたがいろいろこだわってきた相続権が、ここではネックになりましたね」

もはや観念した勝浩は、キーボックスの中から一本の鍵を取り出した。日下部はなすすべがない。

「四〇二号室です」

「うちが行ってきます」

良美が受け取って部屋を出ていこうとするところを、芝が止めた。

「いや、私が行こう。必要とあらば、所轄に応援を要請することになるからな。新月君はここを頼む」

芝は鍵を手に、四〇二号室へと向かった。

「僕たちは、何も知らない。ただ、この人に依頼されて、ここに居るように言われただけなんだ」

日下部は、勝浩を指差した。

「こっちが頼むわけはないだろ。これまで計画を立てて指示を出してきたのは、そっちじゃないか」

勝浩はすぐに反論した。

「まだ二十三歳の僕が、立派な大人に指示をしてきたというんですか。おかしいじゃないですか」

日下部は、こうなったら罪をのがれることは厳しいが軽くすることはできる、と判断したようだ。彼は未成年の時期に、特殊詐欺の受け子をしていて検挙されたが、末端の役割であったので起訴猶予を受けた経験を有していた。最悪の事態になった場合をも想定して、彼は殺人の実行行為をしないだけでなく、主犯であることの証拠も残さないようにしてきたのだろう。

いくら勝浩と咲希の供述があっても、それだけでは日下部が首謀者だとすることは難しい。裁判になったとしたら、お互いがなすり合っているような印象となる。もしそうなると、年上であり、通代をこのマンションに監禁実行していた勝浩のほうが不利になりそうだ。

「勝浩はん。金剛山に行った世津子はんが転落した日の様子を話しとくれやす」

安治川はそう持ちかけた。

当初の青写真を急遽《きゅうきょ》変更せざるを得なくなったのが、その日である。そこを掘り下げれば、さすがの日下部もとっさのことなのでミスをしていたかもしれない。

「外反母趾手術とリハビリを終えた世津子が、解放された気分で金剛山に行くことは知っていました。若い頃はいっしょに登ったこともありましたし、そんなに遭難が起きる山ではないです。早起きして同行するほどの親密さはもうなく、世津子も求めてきませんでした。同行しない理由は他にもあって、出かけてくれたら私は咲希と会うことができました。カフェで落ち合うことにして、着替えていたら世津子からの電話が入りました。消え入りそうな声で『助けに来て、あの樹氷のきれいな渓谷が見たくて、足を踏み外してしまったの……』と何とか聞き取れました。まさかの出来事でしたが、放っておくわけにはいきません。寒い冬の山で放置していたら、凍死しかねません。そんなに早く死んでもらっては困るのです」

勝浩は、寛一と利次の視線を感じたのか、一呼吸置いた。

「転落場所の察しはつかはったのですか」

「ええ。『あの樹氷のきれいな渓谷』という言葉から、世津子がお気に入りのあの穴場スポットではないかと想像できました。若い頃に二人で行って、世津子が見つけて大はしゃぎしたことがありましたから」

「それで、すぐに向かわはったのですね」

「ええ。咲希に事情を話したうえで『きょうの予定はキャンセルしてほしい』と電話をして、急いで装備を整えて向かいました」

勝浩の横で咲希は、こくりとうなずいた。

「あたしは、杏里ちゃんに連絡を取りました。伊勢戸家のことで何かあったらすぐに知らせるようにと言われていましたから」

「それで、金剛山に向かっている途中で、日下部君から私の携帯に電話が入りました。状況を訊かれたのですが、『行ってみないことにはわからない』としか答えようがなかったです。日下部君は『とにかく山岳救助などは求めないように』と指示しました。そして、『現場に着いたなら、すぐに連絡がほしい』と」

「そんな指示などしていませんよ」

日下部は間髪をいれずに否定した。

「勝浩はん、あんたのスマホには発信記録があるんやおませんか」

安治川は確認した。

「ええ、あると思います」

「たしかに僕は、伊勢戸勝浩さんから電話は受けましたよ。でもその内容は『樫原通代の身元がわかるものを用意しておけ』という指示でした」

「いい加減なことを言うな。そんな指示などしていない。用意したのは、おまえ自身だろ。世津子が息絶えていることがわかって、どうしたらいいかわからず電話したときも『落ち着いてください。僕に任せて』と……指示を出したのはおまえだ」

「まあまあ」

安治川は割って入った。発信記録だけでは、やりとりの内容までは証明できない。

芝が戻ってきた。

「樫原通代さんを保護した。衰弱はしているが、命に別状はなさそうだ。所轄署に連絡して来てもらった。それにしても、腰縄と手錠での拘束はひどい」

「僕も杏里も、拘束には関与していませんよ。部屋の指紋をちゃんと調べてくださいよ」

日下部は芝に向かって、そう言った。具体的に拘束作業をしていたのは、勝浩と咲希だ。日下部はもしも四〇二号室に入る必要があったときも、手袋をしていたであろう。

良美が咲希のほうを向いた。

「咲希さん、あなたは週二回ファミレスに勤めていましたね。日下部さんの勤め先の近くのファミレスです。うちはてっきり、咲希さんが日下部さんを監視する目的で近くにいるようにしたと思っていたのですが、違いましたね」

「ええ。あたしは、日下部君に言われて、そうしていました。仕事帰りに呼び出しやすいからという理由でした。監視されていたのは、あたしのほうでした」

「おいおい、嘘をつくなよ。あんたは年上だし、杏里の先輩だよ」

日下部は首を振った。

「沢木さん」

良美は初めて杏里を苗字で呼んだ。

「うちが、四天王寺署の受付近くのソファにいたあなたを見つけて声をかけたとき、『もしかして、あたしのことが原因で左遷されてしまわはったんですか』とうちのことを気遣うような目で見てきたわね。たしかに転任は、あなたのことが原因だったかもしれない。でも、そうやって気に掛けてくれたことが嬉しかった。今回の調査をしているときも、あなたの成長に期待していました。前は裏切られたけれど、今度こそ信じようって……でも、うちは甘かったようです」

　杏里は、良美を見返すような視線になった。

「そうやって、泣き落とすつもりなんですか。警察官なら、もっと事実を見てください。あたしも日下部君も、手足として使われただけですから」

　三人の死者のうち、伊勢戸世津子は事故死で、伊勢戸景太郎は病死だ。殺害されたのは、橿原虹彦だけだ。虹彦が死んだ夜、杏里と日下部は、新宿のライブハウスに行っていて、夜行バスで朝に帰阪したという明確なアリバイを作っていた。臨海署が遺書や足跡を根拠に早々に橿原虹彦は自殺と結論付けたので、アリバイを持ち出す必要はなかったが……。

「日下部はん、なかなか見事な立ち回りですな。もし万一こうして追い詰められても、自分たちはあくまでも手足で、幇助《ほうじょ》しかしてへんと逃れる策も用意していたんですな。せやけども、おとといに臨海署に出向いてアリバイを出したんは、かえって語るに落ちる結果になったんやないですやろか。自分たちに有利な構図を描いた者こそが、主犯格やと示しとりますのや」

　ここに来る途中で、勝浩と咲希は全面自供をした。

　虹彦の転落死について、「騙して遺書を書かせたのは日下部の指示を受けた杏里だが、突き落としを実行したのは私だ」と勝浩が認めた。「睡眠薬で眠らせたのは杏里ちゃんだが、そのあと彼女はすぐに東京に新幹線で向かい、車を運転して現場まで運んだのはあたしだ」と咲希が供述した。

　勝浩によると、日下部は「橿原虹彦を処理してくれたなら、今度は伊勢戸利次をわれわれが亡き者にしてあげる」と持ちかけたということだった。しかし、伊勢戸利次殺害は実行されることはなかった。たとえ安治川がこうして動かなかったとしても、日下部は口約束をしただけで実行しなかったかもしれない。彼らにとっては、利次が生きていようがいまいが、自分たちの相続分に影響はないのだ。

　虹彦殺害以外の今回の事案における犯罪は、橿原通代の監禁行為と、橿原通代・伊勢戸世津子の身分入れ替わりだけだ。〝監禁はあくまで手伝っただけだ〟と日下部は開き直っているし、身分入れ替わり自体はそれほどの重罪ではない。

「せやけど、今しがた通代はんが救出されたことは、あんたたちにとって痛かったのう。本物の通代はんは生きてはるんやから、虹彦はんの妻として相続権がある」

　真法院町の邸宅は、妻である通代と養子である杏里が、相続分二分の一ずつとなる。もし杏里が被相続人である虹彦殺害に関与していたなら、相続人欠格となって、何も相続できなくなってしまう。杏里と日下部としては、その最悪の結果は回避したい。

「通代さんが救出されたことで君たちの打撃になることは、他にもあるぞ」

芝が、付け加える。

「通代さんは認知症だから多少のことはわからないと、君たちはタカをくっていたかもしれない。だが、通代さんはそこまで重度ではない。このマンションに強引に連れてきたのは、夫である虹彦さんの女弟子であり、その車を運転していたのは女弟子と親密そうな若い男だったと証言している。女弟子という触れ込みがあやしいことにも、通代さんは気づいている。監禁されたあとも、その二人がときどき様子を見に来ていたということも話していた。これは、被害者の証言だ。加害者同士の責任のなすり合いとは違う」

「だから、僕は指示を受けて、やむなくここに連れてきただけですよ」

日下部はなおも否認する。

「あの、少し言いたいことがあるんですが、よろしいですか」

それまで勝浩の横でうなだれ続けていた咲希が、顔を上げた。

「どうぞ」

芝が承諾した。

「あたしは、施設にいた頃は、入ってきた杏里ちゃんのことを妹のように思っていました。共同生活に慣れなくて辛いと泣いた杏里ちゃんを、抱きしめてなぐさめてあげたことも一度や二度ではなかったです。施設の方針で、なるべく独り立ちするために も、在園生とは会ったり連絡を取ったりしないようにということで、卒園後はあたしも杏里ちゃんも、少し関係を疎遠にしていました。頻繁《ひんぱん》に会うようになったのは、去年の始めごろでしたね。あたしはちょうど勝浩さんといい感じになりかけた頃でした。杏里ちゃんは、『うまくいけば、玉の輿《こし》に乗れるわね』と羨《うらや》ましがりましたね。『それは無理。奥さんがいる人なのよ』と言ったら、『そんなの、追い出せばええやないの』と返してきました」

「あのときは、あたしは最悪やった。彼が窃盗と暴行で逮捕されて、かばおうとしたことで警察にあたしは厳しく絞られた。金づるのオッサンをうまく見つけた咲希先輩が羨ましかった」

杏里が低い声でそう言った。

「あたしは、そのときもまだ杏里ちゃんを施設にいたときと同じように思っていました。だけど、杏里ちゃんは卒園して四年ほどの間に、よく言えばたくましく成長して、悪く言えばしたたかにズル賢くなっていました。あたしが、劇団活動に夢中になって精神的成長を止めていた時期に……」

良美が黙って小さくうなずいていた。良美もまた未成年時代の杏里のイメージに引きずられて失敗をしていた。

「杏里ちゃんがさらにあたしに接近してきたのは、それから約半年後でした。杏里ちゃんは、『あたしも、いい金づるを見つけた』と話しました。あたしを信用させるために、初めのうちは詳しく話してくれましたね。カレシが別の不動産販売会社に転職して、裏の名簿を見ることができるようになったことも……。一等地に住まいを持っているけど、相続人となる子供がいない中高年がリストアップされていて、〝老後を視野に入れて売却しませんか〟とダイレクトメールを出すそうです。そこから、橿原虹彦さんを見つけて、弟子になりたいと近づいたんでしたよね」

「そういう裏の名簿が出回っていることは、ある意味では常識だ。他の業界でも、いろんな名簿がある」

日下部が言葉を突っ込む。

「あたしは、あなたに言っているのではないです。杏里ちゃんに言っているのです。うまく取り入って橿原虹彦さんの弟子になった杏里ちゃんは、あたしと勝浩さんに提案をしてきました。その内容は、安治川さんが〝青写真〟として指摘したとおりです。杏里ちゃんのほうは、橿原通代さんに外反母趾の手術を受けさせるなど協力的でした。

世津子さんが転落したと知ったときも、まだ状況がわからない段階から、あたしは杏里ちゃんに相談しました。そして、世津子さんが死んだことがわかったときも、またすぐに連絡を取って、指示されたように動きました。それを境目に、杏里ちゃんとの関係は、施設時代とは逆転しました。いえ、もともと実力的には逆転していたのですが、それまではまだ気がつかないでいたのです。そのあとは、坂道を下に引っ張られるように、どんどん加速度をつけてリードされるようになりました」

「途中で踏みとどまろうと思わはらへんかったんですか？」

「思いました。だけど、もはや後戻りはできませんでした。世津子さんが死んだことがバレてしまったら、あたしたちは一円も手にできないのですから。それでも、さすがに橿原虹彦さんの命を奪うときは、震えが止まりませんでした。杏里ちゃんは、真法院町の家で虹彦さんに睡眠薬を飲ませたあと、あたしたちに丸投げして、すぐに東京に向かいました。あたしが車を運転して、勝浩さんが後部座席に虹彦さんを抱えるようにして乗り込みました」

「関空近くのベイサイドNAビルにしたのは、なんでですか？」

「それも、日下部さんの指示でした。別の名簿に、入居オフィスがとても少ないビルとして載っていたそうです」

「そうやって、指示されたように動いて殺人を犯すことについて、どない思わはりました」

「嫌でしたけど、しかたありません。そのあと利次さんを杏里ちゃんたちが殺すという約束を信じるしかありません。先に世津子さんの死を隠してもらった借りがありましたから」

　黙って聞いていた利次は、首をすくめた。

「杏里はん。今の咲希はんの供述について、反論はあらしませんか」

「反論も何も……そんな指示はしていないし、約束もしていないわ。事実無根よ」

　杏里の言葉にかぶせるように、日下部が続いた。

「そのとおりだ。こちらに重い罪を着せて、自分たちは逃げようとしている」

「わしは、咲希はんの言うことのほうに信憑性《しんぴょうせい》を感じますな。彼女たちは、世津子はんが景太郎はんより先に亡くなったことがはっきりしたんで、相続分はゼロになりましたのや。もう守るべきものはあらへんのです」

「だからこそ、せめて刑事責任は軽くしたいと思っているんだ。根拠もなしに、指示されたと嘘を言って……」

「いいえ、指示はあったのよ」

咲希はかぶりを振った。

「杏里ちゃんが、アリバイのためにさっさと東京に向かうのを運転席で見送りながら、さすがにただ言われるままではよくないと思いました。施設時代は、こちらが上の立場だからわからなかったけど、下の者には下の者なりの自衛があるのです」

「自衛？」

「関空のほうに向かってハンドルを握りながら、食い逃げされるかもしれないという不安が胸をかすめました。こちらに虹彦さんを殺させておいて、利次さん殺害が実行されないという食い逃げです。虹彦さんの場合は、遺書という自殺に見せかける切札がありました。だけど、利次さんの場合は、そんなものがあるとは限りません。約束はしてくれたものの、あの二人が殺人に手を染めてくれるかどうかの保証はなかったのです。世津子さんを通代さんに見せかけることと、通代さんをこのマンションに連れてくることはしてくれました。だけど、それと殺人とでは質が違いますよね。あたしは、なんとなくですが、利次さんも自分たちで殺さなくてはならないのではないか、という不安を抱きました。とにかくすべての立案を向こうがやっていたのです。勝浩さんは、虹彦さんを担ぎ上げて突き落とすことで必死でした。あたしがその不安を口にしても、聞く耳を持つ余裕がなかったのです。全身を小刻みに震わせながらも、歯を食いしばって虹彦さんを背負い、ビルの非常階段口からゆっくりと上へと向かいました。虹彦さんは小柄で、勝浩さんは大学時代に重い荷物を抱えての登山を何度もしていたとはいえ、年齢的にもきついものがあったと思います。その姿を運転席からハラハラして見ながら、あたしは杏里ちゃんに電話をしました。『勝浩さん一人に背負わせないで、あたしも後ろから支える恰好で屋上に登りたい』と。杏里ちゃんからは、通行人が現われるなどの不測の事態になったときは、必ず連絡するようにと言い渡されていました」

咲希はスマホを取り出した。そして再生ボタンを押した。

——もしもし、咲希よ。

——何かあったの？

杏里の声は、ハプニングへの危惧《きぐ》を感じさせる早口のものだった。

——そうじゃなくって、あたしも手伝ってはダメかな？

——手伝う？

——勝浩さんは今、非常階段を登っているけど、男の人を背負って十一階建てなんてタイヘンだわ。勝浩さん一人に背負わせないで、あたしも後ろから支える恰好で屋上に登りたい。

――それは絶対ダメよ。彼一人でやらなくてはいけない。

――でも、少しくらいは。

――その少しが命取りになってしまうのよ。足跡は一人分しか付けてはいけない。日下部君がそう念を押したじゃないの。

――それはそうだけど。

――彼は山男よ。大丈夫に決まっている。それも計算済みよ。

――どうしてもダメかな。

――絶対ダメなものは絶対にダメ。すぐに終わるわよ。終わったら、また連絡してよ。いい知らせを待っているわ。もう一度言うわ。あなたは車の中で待機していて。

――わかったわ。

杏里は、東京に向かう新幹線の中で電話を受けていたからであろう、やや聞き取りにくい部分もあったが、再現はされていた。

「杏里はん。あきらかに、あんたのほうが咲希はんに指示をしてはりますな」

「それは……あたしは、ただ単に日下部君の言葉を伝えただけよ。遺書を書かせて突き落とす計画の発案者は、日下部君よ」

杏里は今度は、日下部にすべての責任を負わせようとした。

「日下部はん、そうなんですか？」

「…………」

安治川に訊かれて、日下部は複雑な表情を浮かべて黙って杏里を見た。その双眸《そうぼう》は意外そうでもあり、哀しそうでもあり、腹立たしそうでもあった。

エピローグ

「安治川さんは、咲希さんがやりとりを録《と》っていたことを予想してはったのですか」

良美と安治川は、通代が搬送された病院に向かった。命には別状ないが、念のため観察入院をしてもらうということであった。小糠雨《こぬかあめ》が降り出していたが、傘が必要なほどではなかった。

「とんでもあらへん。ラッキーやっただけや。ただ、施設では姉貴分として面倒を見てきた咲希はんにとっては、支配される立場に逆転したことは歯がゆかったし、恩知らずやと内心憤っていたのやないかとは予想でけた。このままズルズルと利用されるのやのうて、なんぞ向こうの弱みになることを摑んでおこうとしていたのやないか、と」

「上の人間は、下の人間の気持ちがわからないってことは、往々にしてありますよね。会社でもどこでも、警察だってそうですよね」

わかってもらえない支配が続いたなら、謀反《むほん》を考えることは戦国時代だけではない。

「弱みを摑んでおけば、対等もしくはそれに近い関係に持っていける場合もある」

「上の人間にはおごりがあるから、つい油断してしまうんですね」

「施設にいたころは、沢木杏里は竹嶋咲希に頼りながらも、いつか見返してやろうと思っていたのかもしれへん」

「咲希さんにとっては、飼い犬に手を嚙まれた気持ちだったかもしれないけど、杏里さんにとってはいつまでも飼い犬ではいたくなかったということですか」

「その心境はお互いにあったと思うで。元飼い主としては、飼い犬に手を嚙まれっぱなしは当然嫌やったやろうし」

「ああ。うちは、まだまだ勉強が足りひんです。せやから、信じた杏里さんにまた裏切られてしもたんですよね」

「人を信じる気持ちも大事やで。警察官は疑うのが仕事やと言われることもあるけど、疑うばかりではあかんと思う」

「そうですね。けど、やっぱし落ち込んでいます」

「今回の事案でも、寛一はんと利次はんを信じてよかったで。利次はんには、ろくに事情を説明でけへん状態やったのに、来てくれて協力してくれた。あの忙しい寛一はんも、大事な研究を中座して、わざわざアメリカから駆けつけてくれはった」

寛一と利次の二人が、〝ジャルダン・デ・イセ〟を相続することになった。寛一は相続放棄を表明したが、利次は「最上階の部屋に住めて、家賃まで全部もらうのは申し訳ない」と収益の三分の一は寛一に渡したいという意向を示した。寛一は、「それならその分は、日本の若い研究者を育成する機関に寄付してほしい」と言い、早々に兄弟の合意が成立した。

「死亡届が出されてしまった通代さんの戸籍は、どうなるんですか」

「家庭裁判所の許可を得たうえで、戸籍に記載された死亡を抹消申請でける。それで通代さんは戸籍上も復活や」

真法院町の邸宅は、復活した橿原通代が相続する。ただ、初期とはいえ認知症の傾向が見られるので、成年後見などのフォローが必要だ。島根県にいる姉にも連絡をしたうえで、福祉事務所の関係者に病院に来てもらうように手配しておいた。監禁された橿原通代の被害者調書を取るのが、安治川が今から病院に向かう目的だが、単に調書を取って終わりにはしたくなかった。

「寛一さんは、経済的だけでなく精神的にもゆとりのある大人でしたね。寛一さんが先に相続放棄を言ったから、利次さんも全部はもらわないと遠慮して、結局若い研究者育成に使うことになったんですよね」

「せやな」

「経済的ゆとりがあるから精神的ゆとりが生まれるのかもしれませんけど、お金持ちでも欲にキリがない人は少なくないですからね」

「わしは、所轄署のパトカーが到着するまで日下部崇明の身柄を押さえていたけど、そんとき彼はつぶやくようにこう言うたで。『宅地建物取引士の資格を取るために、法律を勉強した。日本国憲法は、〝国民は法の下《もと》に平等である〟と宣言している。しかし、平等なんて嘘っぱちだ。どんな家に生まれるかで、全然違う。相続のときに、その違いははっきりと数字で現われる。このマンションは、うまく満室になれば毎月三百万円ほどの家賃が上がる。ろくに働かなくても月収三百万円なのだ。この家に生まれたというだけで遊んで優雅に暮らせる……額に汗して真面目に働くのがアホらしくなる。そんな生まれによる不平等が堂々とまかり通っているんだ。その不合理な格差を、僕は知恵で直そうとしただけだ』と」

「生まれによる差があることは、否定できない部分もあると思いますが」

良美が少年係時代に扱った少年少女たちは、家庭環境に恵まれていない者が少なくなかった。貧乏でひもじいから、ついつい万引をするのだ。

「けど、恵まれない家庭でも非行に走らない少年少女も、たくさんいました」

「わしらのような高度成長期という明るい時代に青少年期やった人間からすると、今の若者たちは気の毒やとは思うで。国は膨大な借金を抱えているし、年金制度の先行きは不透明やし、老後は二千万円が必要という指摘もある……コツコツ働いても将来的な保証があるわけやない。けど、そやからいうて、他人の相続財産をかすめ取ろうというのは、間違うてる」

「力ずくの格差是正って、結局は身勝手なんですよね」

日下部と杏里は、最後の最後は「この女が言い出したことだ」「いえ、あたしは従っただけ」と双方が反目をした。自分たちの主導と指示が否定できなくなったことで、今度は内部でのなすり合いが始まったのだ。醜いものであった。

「〝ジャルダン・デ・イセ〟は、大阪市内中心部にあって空襲をのがれた地域にあった。そして開発によって、地価が大きく上昇した。その気流に乗ったことで、景太郎はんはうまいことといった。せやけど、その気流は永遠のものやない。地価や人気地点というのは、変化するんや。真法院町かて、同じことが言える。少子化で住まいの需要は減っているし、地方暮らしブームもある。現に〝ジャルダン・デ・イセ〟のいくつかの部屋は空き室になっていた」

「不動産や株の価値は、変動しますものね」

「寛一はんのように、スキルを身に付けて世界に通用するエキスパートになったなら、その価値は変動せえへん。日下部崇明にも沢木杏里にも、そういう大志を持ってほしい。二人ともまだ若いんやし、頭もええんやから」

「そういう大志って、お金より重要な財産かもしれないですね」

「彼らは、まだ気づいてへんやろけどな」

「落ち着いたら、彼らに接見して諭してみたいです。〝オバサンのお小言〟と捉えられるかもしれませんけど……これも少年係時代の悪い癖ですね」

「いや、ええこととちゃうかな。拘置所の中やったら、静かな環境やし耳を傾けてくれそうやで」

「そんときは、安治川さんもいっしょに来てもらえますか」

「わしが行ったら、〝ジジイの説教〟になるがな」

「いえ、うちが聞きたいんです。若者の一人として」

「若者て……あんたはもう大人やないか」

「いえいえ、安治川さんとの年齢差からしたら、うちはまだ少女です」

「おいおい」

安治川は空を見上げた。いつの間にか小糠雨はやんで、うっすらと虹が架かっていた。

この作品は徳間文庫のために書下されました。

なお本作品はフィクションであり、実在の人物・組織・団体等とは一切関係がありません。

徳間文庫

再《さい》雇《こ》用《よう》警《けい》察《さつ》官《かん》

完敗捜査

2021年2月15日 初刷

著者 姉《あね》小《こう》路《じ》祐《ゆう》

発行者 小宮英行

発行所 株式会社徳間書店

東京都品川区上大崎三-一-一 〒141-8202
目黒セントラルスクエア

電話 編集〇三(五四〇三)四三四九
販売〇四九(二九三)五五二一

振替 〇〇一四〇-〇-四四三九二

印刷
製本 大日本印刷株式会社

ISBN978-4-19-894623-4 (乱丁、落丁本はお取りかえいたします)